pi 文庫
〈epi 49〉

どちらでもいい

アゴタ・クリストフ
堀　茂樹訳

epi

早 川 書 房

6296

目次

どちらでもいい

斧《おの》

お入りくださいまし、先生《ドクター》。ええ、ここです。さきほどお電話したのは、わたくしでございます。主人が事故に遭ったんです。はい、重大な事故だと思います。とても重大な事故だと。とにかく二階へ上がっていただきませんと。主人がおりますのは寝室の方ですので。こちらからどうぞ。あのー、お許しくださいませね、実はベッドメーキングがまだ済んでおりません。お分かりいただけると思いますけれど、わたくしちょっとパニックになったものですから。あれほどの血を見てしまいますと、さすがに……。あれを拭き取ってきれいにするほどの勇気、とてもわたくしにはありません。いっそ、どこかへ引っ越すことにすると思いますわ。

ここが寝室です。こちらへいらしてくださいまし。主人はここに、ベッドのこちら側の絨毯《じゅうたん》の上におります。頭に斧がめり込んでおります。よく御覧になりたいですか？　どうぞ、よーく御覧になってくださいまし。事故と申しましてもねぇ、まったく馬鹿げた事故でございますでしょ？　この人ったら、眠りこけたままベッドから落ちましたのよ。ちょうどこの斧の上に落ちましたの。

ええ、ええ、この斧はわたくしどものものです。ふだんは居間の暖炉脇に置いているのですけれど。薪を割るのに使いますの。

どうしてその斧がベッドの脇にあったのか、ですって！　そこのところは、わたくしにもさっぱり分かりませんの。主人が自分で斧をナイトテーブルに立てかけておいたとしか思えません。もしかしたら、あの人、強盗でも恐がっていたのかもしれません。この家のまわりには何もなくて、お隣までかなりの距離がありますのでね。

主人がすでに死亡しているとおっしゃるのですね？　もちろん、わたくしの目にも、この人が死んでいることは明らかでした。でも、わたくし、思いましたの。やはりこういうことはお医者さまに確かめていただいたほうがいいって。

え、何ですか、電話をお使いになりたい？　あっ、なるほど！　救急車をお呼びになるのですね、そうでございましょ？　警察？　どうしてまた警察などを？　これは事故ですのよ。主人はただ単にベッドから転げ落ちましたの。落ちたところに斧があったのですわ。ええ、稀《まれ》なことです。でもね、先生、こんなふうに、これといった訳もなく起こることって、他にもたくさんございますから。

おや、まさか先生、わたくしが斧をベッドの脇に置いて、主人がその上に落ちるのを待ったと思っていらっしゃるんじゃないでしょうね？　とんでもない、この人がベッドから落ちると予測するなんてこと、わたくしにできたはずがございません。

もしかして先生、わたくしがこの人を押してベッドから落としたなんて、そんなこと、ちらっとでも思っていらしたりしませんわよね？　そうしておいて、わたくしがそのあと平気でまた眠ったとでも？　このダブルサイズのベッドでやっと独りになって、主人の鼾《いびき》に邪魔されることも、体臭に悩まされることもなく、心安らかに眠ったとでも？

よしてくださいよ、先生、いくらなんでもそんなことは想像なさってはいけません。だって、いくら先生でも、そんな権利は……

ええ、それはそうです。たしかに、わたくしはよく眠りました。ここ数年を振り返っても、こんなによく眠ったことはありません。目が覚めたら、もう午前八時でした。窓から外を眺めました。風が吹いていました。白い雲、灰色の雲、丸い雲が陽射しの中で戯《たわむ》れていました。わたくしはうきうきした気分で、雲のことだからこのあと何が起こるか知れないと思いました。もしかすると散り散りになってしまうかもしれないし——なにしろ、大した速さで動いていましたからね——、またもしかしたら一箇所に集まり、雨になって頭上から落ちてくるかもしれないって。どちらでもいいって気分でした。わたくしは雨がとても好きですし。それに、今朝は、何もかもが素晴らしいと思えたんです。身軽になった感覚がありました。もうずいぶん前から背負い込んでいた重荷を……ついに下ろした感じっていうんでしょうかね。

そしてそこで振り向いて部屋の中に目をやりまして、この事故に気がついたんです。わたくし、すぐに先生にお電話いたしました。

あっ、先生も電話がご入り用なんですね。はい、うちの電話はこちらでございます。お使いくださいまし。そうですか、救急車を呼んでくださるわけですね。ええ、分かりますとも、遺体を運んでくださるのでございましょ？

え、何ですか、救急車で運ぶのはわたくしですって？　理解できませんわ。わたくしは怪我もしておりませんし。どこも悪くありませんし、気分も上々なんですのよ。わたくしのネグリジェに付いている血ですか？　ああ、これは何でもありません。主人の頭から飛び散った血なんです。だって、あの時……

北部行きの列車

一体の彫像が、公園に置かれている。公園は、廃駅のそばに位置している。彫られているのは一匹の犬と、一人の男である。犬は立っている。男は地面に膝をついている。両腕で犬を抱きかかえ、首をいくぶん傾《かし》げている。

犬の眼は駅の左側に果てしなく広がる野原に向けられている。男の眼は犬の背中越しに、真っ直ぐ前方を見つめている。雑草の生えた線路を見ているのだ。はるか以前から、どんな列車も通らなくなってしまっている線路。廃止になったこの駅を最寄りの駅としていた村人たちは、村を捨てて余所《よそ》へ行ってしまった。今でも、よい季節になると、自然と孤独を愛する都市住民がやって来て滞在するけれども、彼らは皆、自分の車で移動する。

公園をうろつくあの老人もいる。彼はためらいもなく言う。犬の像を彫ったのは自分だと、そして、彫り上がった犬を抱擁《ほうよう》した――その犬をとても愛していたのだ――とたん、自分自身も石化してしまったのだと。

そう言うあなたが今ここに生きていて、生身で存在しているのはどういうわけなのかと人が問うと、彼はごくあっさり、自分は北部行きの次の列車を待っているのだと答える。

人は彼に、北部行きの列車がもはや来ないこと、どこ行きの列車ももはや来ないのだということを、告げる気になれない。そこで、車に乗せていってあげましょうと申し出る。ところが彼は首を振る。

「いや、車でというわけにはいかない。迎えが駅に来ることになっているからね」

それなら車でその駅まで連れていってあげましょうと、人はまた申し出る。北部のどこの駅までだって行きますよ、と。

彼は改めて首を振る。

「お気持ちはありがたいがね、お断りするよ。私は手紙を書いたのだ。母に宛ててね。むろん妻にもだ。午後八時の列車で着くと書いた。妻が子供たちを連れて駅で待っていてくれる。母も待っていてくれる。父が死んで以来、母は葬儀のために私を待っている。私が葬儀には帰ると約束したのでね。私はまた、かつて……置き去りにした妻と子供たちにも再会するつもりだ。そう、かつて私は妻と子供たちを捨てた。偉大な芸術家になるためだった。その後、絵を描き、彫刻もやった。しかし、今ではひたすら、故郷へ帰りたい」

「でもね、そういうことすべて、つまり、お母さんへのお手紙、奥さんへのお手紙、お父さんのお葬式、あなたの語るそれらすべては、いったいいつの話なんですか？」

「すべては……うむ、私が愛する犬を毒殺した時のことだ。というのは、この犬は私が発《た》っていくのを止めようとしたのだ。私の上着にしがみつき、ズボンの裾をくわえ、私が列車に乗ろうとすると懸命に吠えた。仕方なく、私はこの犬に毒を盛り、そしてこの彫像の下に埋めた」

「それなら、その時、彫像はすでにここにあったのですね？」

「いや、これはその翌日、私が彫ったのだ。まさにここで、犬の墓石に彫った。やがて、北部行きの列車が到着した。私は最後の別れと思って犬の像を抱いた。すると……たちまち私は、犬の首に両腕を回したまま石化してしまった。死んでからも犬は私に執着し、私を発たせようとしなかったのだ」

「それでも、あなたは現にここにいて、列車を待っておられるのですね」

老人は笑う。

「私はね、あんたが思っているほどには狂っちゃいないよ。よく分かっているのさ。自分が存在していないことも、石と化して、愛した犬の背に頭をのせていることも。私はまた、列車がもはやこの場所を通らないことも承知している。父がとうの昔に埋葬されたこと、母もすでに他界し、もはやどこの駅でにせよ、私を待ってなどいないこと、それも知っている。結局、誰ひとり、私を待ってくれてはいない。妻は再婚し、子供たちは成人してしまった。私は老人だ。あんたが推測している以上に老人だ。そして私は影像なのだ。ここを発って行きはしない。こうしたことはすべて、犬と私の間のゲームにすぎない。何年もの間、私たちはこのゲームを続けた。かつてこの犬と出会った瞬間に、ゲームは私の負けと決まっていたのだがね」

我が家

この世にいるうちだろうか、それとも、あの世に行ってからだろうか。

私は我が家に帰る。

外では、樹木が唸《うな》り声を上げるだろう。けれども、樹木が私を怖がらせることはもはやない。赤い雲も、街の光も、もはや私を動揺させはしない。

私は我が家へ帰る。これまで一度も持ったことのない我が家へ。あるいは、あまりにも遠くて想い出すことのできない我が家、かつて一度として本当には我が家であったことのない我が家へ。

明日、私はついにその我が家を、ある大きな町の貧民区に持つ。なぜ貧民区にか？

出身地すら持たない余所者《よそ》が、金持ちになりたいという気持ちもなしに、無一文から金持ちになるはずがないからだ。

なぜ大きな町にか？　小さな町には不遇な者たちの家がまばらにあるだけだからだ。大きな町にこそたくさんの街路と、限りなく暗い路地があり、そこに、私と同じような人びとが重なり合うように密集しているからだ。

そんな町の街路を、私は我が家の方へと歩いていくだろう。

風に鞭《むち》打たれ、月に照らされる街路を、私は歩いていくだろう。

夕涼みをする肥満体の女たちが、私が通り過ぎるのを黙って見ることだろう。私はといえば、幸福感に満たされて、誰彼かまわず挨拶《あいさつ》するだろう。ろくな服も着ていない子供たちが、足下にまとわりつくだろう。私は彼らを抱き上げる。今では大きくなり、金持ちになり、どこかで幸せに暮らしているだろう自分の子供たちを想い出して――。どこの誰の子供とも知れないその子供たちを私はやさしく愛撫し、彼らに、何かきらきらした珍しいものを与えるだろう。私はまた、酔っぱらって道端のどぶに落ちた男を助け起こすだろう。暗闇に叫びつつ疾駆する女を慰めるだろう。彼女の苦しみに耳を傾け、彼女の心を鎮めるだろう。

我が家に着いた時には、私は疲れているだろう。私は寝台に、どんな寝台にでもいいから、横たわるだろう。カーテンが、空に浮かぶ雲さながらに、揺れ動いているだろう。

かくして時が過ぎていくだろう。

私の瞼《まぶた》のスクリーンに、ひとつの悪い夢以外の何物でもなかった私の人生の数々のイメージが、映し出されるだろう。

けれども、それらのイメージも、もはや私を傷つけることはない。

私は独り、年老いて、幸せに、我が家で過ごすだろう。

運河

男は自分の人生が立ち去っていくのを眺めていた。

男から数メートル離れたところで、彼の車がまだ燃えている。

地面に見えるのは、赤と白、血と雪、月経と精液。目を上げると、山々の藍色に光の輪が掛かっている。

男は思う。

「もう少しあとで輝き始めてもいいだろうに。まだ日は暮れていないのだから。天の星々。私はあの星々の名前を知らない。忘れたのではなく、憶えたことがないのだ」

吐き気、眩暈《めまい》。男はふたたび眠りに落ちる。そしてまたも見る。いつもの夢を、いつもの悪夢を、いつも変わることのない、同じ悪夢を。

男は生まれ故郷の町を通りから通りへと歩き、息子のいる所へ行こうとしている。息子は彼を待っているはずなのだ。町の家々のうちのひとつ、かつて彼自身が父親を待っていたあの家で。

ただ、彼は道に迷ってしまっている。歩いても歩いても、見覚えのある場所に行き当たらない。これでは、かつて住んでいた通りを、家を、見出すことができない。

「何もかもが変えられてしまった。何もかもだ」

それでも、ようやく中央広場に辿《たど》り着いた。見回すと、建造物が輝いている。そう、黄色の金属とガラスでできたビルなのだ。雲に達するほどに高く聳《そび》えている。

「何を血迷ってこんな物を？　醜いばかりだ！」

それから、彼は了解する。

「この町の連中は金鉱を見つけたのにちがいない。かつて年寄りたちが語っていた金鉱、岩山の金鉱、伝説の金鉱を。連中はそれを見つけ、掘り出し、かくして金《きん》を素材にした町、二つとない町、悪夢の町を拵《こしら》えたのにちがいない」

彼は広場を離れ、一本の旧《ふる》い通りに入る。木造の家々や老朽化した納屋が両側に並ぶ、道幅の広い通りだ。地面は土埃《つちぼこり》に被《おお》われている。その土埃の中に裸足を踏み入れて歩くのが、彼には心地よい。

「これこそ、昔住んでいた通りだ。ついに見つけたぞ。もう道に迷ってはいない。ここは昔のままだ、何ひとつ変わっていない」

が、しかし、奇妙に緊迫した気配があたりに立ちこめている。

男は後ろを振り返る。と、通りの後方の角のところに、一頭のピューマの姿が見える。ベージュとも金色ともつかぬ美しい野獣で、その絹のような毛並みが、灼熱の太陽に照らされて輝いている。

すべてが発火する。家も納屋もことごとく燃え上がるが、それでも彼は、炎の壁と壁の間を歩き続けなければならない。なぜなら、ピューマもまた歩きはじめ、威厳に満ちたゆったりとした足取りで、距離を保ちつつ彼のあとをつけてくるからだ。

「どこへ逃げ込めばいいのか？　逃げ道がない。前方には炎、後方には牙。たぶん、この通りの端まで行けば？　この通りも、どこかで終わるはずだ。無限は存在しない。通りには出口があって、広場に通じていたり、他の通りにぶつかっていたりするものだ。助けてくれ！」

彼は叫んだ。ピューマが近くに、彼のすぐ後ろにいる。男はもう振り向くことができない。もう前へも進めない。両の足が地面に貼りついてしまった。彼は極度に怯《おび》え、ピューマについに背後から跳びかかられ、肩から尻までを引き裂かれ、頭をずたずたにされる瞬間を、今か今かと待つ。

ところが、ピューマは彼を追い越し、そのまま悠然と歩いていくと、前方にいる子供の足元に寝そべる。子供は、先程まではそんなところにいなかったのに、急に現れたのであり、今はピューマの頭を撫でている。

子供が、恐怖で動けなくなっている男に目をやる。

「おとなしいよ。ぼくのなんだ。怖がることないよ。肉は食べないから。食べるのは魂だけ」

炎はもう見えない。猛火は消えてしまった。今では通り全体が、冷たくなった、やわらかな灰の山でしかない。

男の顔に微笑みが浮かび、表情が明るくなる。

「きみはもしかして、私の息子なのではないか？　私を待っていてくれたのか？」

「ぼくは誰も待ってなんかいなかったよ。でも、たしかに、あなたはぼくの父親だ。

ついてきて」

子供は男を町の端まで連れていく。そこには川が流れていて、強力な探照灯に照らされた川面が黄色く輝いている。仰向けのシルエットがいくつも、流れに運ばれていく。どのシルエットを見ても、眼は星空に向けられている。

男は薄ら笑いを浮かべる。

「夢の被造物だと？　年寄りどもだというなら、分かる。永遠の若さを表す川の水の中に、私は父と母の姿を認める」

黄金の像と化したピューマが、ひとつの巨大な建造物の正面の壁に位置して、伸びをする。

「違うぞ」とピューマは言う。「おまえはなんという間抜けなのだ。笑ってはいかん。これは永遠の若さを表す川などではない。これは町の運河で、廃棄物を運び去るのだ。死者たちと、人が厄介払いしたがるすべてのもの、つまり、うしろめたさ、あやまち、放棄、裏切り、殺人のたぐいを運び去るのだ」

「殺人があったのか？」

「そうとも。これらすべては贖《あがな》いの透明な水によって運び去られる。しかし、死者たちは戻ってくる。海が受け入れてくれないのだ。死者たちは海からもう一つの運河へと送り返され、その運河づたいにここまで戻ってくる。このあと彼らは、かつての魂がそうしたように、町の周囲を回り続ける」

「でも、幸せそうな様子じゃないか」

「彼らの顔は愛想のよさそうな永遠の表情を浮かべて固まっている。しかし、彼らの感じているものを、誰が知り得よう？」

「きみなら知り得るだろう、たぶん」

「おれには外側しか見えない。おれは確認するだけだ」

「何を確認するのだ？」

「ふむ、どんな外部も、もうひとつの外部に取り囲まれていれば、ひとつの内部を包み込む内部が外部に変化するのと同様、疑う余地もなくそれ自体がひとつの内部になるということだ」

「何のことだか、分からない」

「分からなくても、いっこうに構わない。おまえはこれから死ぬのだ。おまえは運河に転落し、町の周囲を回り続けることになる」

「断る。私は、もし死んだなら、星々の方へ飛び立つのだ」

「鳥だって、死んだときには落下する。そもそも、おまえには翼もないではないか」

「私の息子はどこだ?」

「そこにいるよ。おまえの背後にな。ほかでもないその子が、おまえの介添えをしてくれるのだ」

子供がか細い手を挙げて男の背中に触れる。すると、男は悲鳴を上げることもなく転落する。そして、運河の水に運ばれるままになる。眼は天の星々に向けられているが、その星々も、彼にはもはや見えない。

首をすくめると、子供は遠ざかっていく。

ピューマが溜息《ためいき》をつく。

「やれやれ、こういうものなのだ、世代交替というやつは」

ピューマはその大きな頭部を前足の間に引き込むようにする。と、ピューマもろとも、巨大な建造物の全体が崩れ落ちる。

ある労働者の死

途切れてしまったシラブルが、意味を成さず、窓と花瓶の間に引っかかっている。途切れてしまった指の動き。あなたの衰弱した指は、シーツの上に、大文字のNを半ばまで書いたのだった。

「NON（否《ノン》）！」

あなたは信じていた。目をつむりさえしなければ、死に捕《つか》まってしまうことはないと。あなたは力の限りを尽くして目を大きく見開いていたが、闇が訪れ、あなたをすっぽりと包み込んだ。

昨日もまだあなたは、あの土曜日に完全に洗い終えることのできなかった自分の車のことを思っていた。すでにあんなにも遠い過去となってしまったあの土曜日、あなたは初めて胃に、突き刺すような痛みを感じたのだった。

「癌《がん》です」と医者が言った。たちまち、病院の寝台の清潔さが、あなたを恐怖の中に突き落とした。

数日、数週、数ヵ月が経過するうちに、あなたは手の先まで白くなった。こびりついて落ちなかった油汚れが消え、あなたの爪は割れることがなくなり、役人の指の爪のように、細長いピンク色の爪になった。

夜、あなたは泣いた。しゃっくりも、痙攣《けいれん》もなく、声を上げることすらなく、あなたは泣いた。ただ涙だけが静かに流れ、枕を濡らした。微《かす》かな音もしなかった。常夜灯の緑色の光が、同じ病室に入っている人たちの頰《ほお》と目の下に窪《くぼ》みを穿《うが》っていた。

そう、あなたは独りではなかった。

あなたは、今日明日にも死ぬであろう六、七名のうちの一名だった。

工場でもそうだった。あなたは、あそこでも独りではなかった。今日も明日も同じ動作を繰り返す二十名から五十名のうちの一名だった。

あなたの工場は、時計だけを製造していたのではない。死体をも製造していた。

ところが、工場でそうだったように病院でも、あなたがたは互いに何を言ってよいのか分からないでいた。あなたは思っていた。他の人たちは眠っているか、あるいはすでに死んでしまったのだと。他の人たちは思っていた。あなたは眠っているか、あるいはすでに死んでしまったのだと。

誰も口を開かず、あなたも口を開かなかった。あなたはもはや何も話したくはなく、ただ、何かを想い出したかったのだ。だが、何を想い出せばいいのか、あなたには分からなかった。想い出せることがなかったのだ。あなたの想い出、あなたの青春、あなたのエネルギー、あなたの人生、――工場がそれらを奪ってしまった。工場があなたに残したのは、疲労、四十年間の労働の果ての、致命的な疲労だけだった。

もう食べたいと思わない

もう手遅れ。もう食べたいと思わない。私はパンも、神経の発作も拒否する。私はまた、苦しみの酪農場ですべての新生児に与えられる母乳をも拒否する。私は生まれ落ち、育ち始めて以来、来る日も来る日もトウモロコシとインゲン豆で養われた。

未知の料理はすべて、私にとって、犯すべからざる聖域の中のものだった。うちで食べるわずかなジャガイモだって、私の故国の果てしがないほどに広々とした畑に入っていっては盗んだのだった。

今では、私の家に、純白のテーブルクロスと、クリスタルグラスと、銀の食器が揃っている。けれども、サーモンや鹿の鞍下肉《くらしたにく》は、今頃到着してももう遅い。

もう食べたいと思わない。

にこやかに私は、夕食会に訪れた賓客たちに敬意を表し、たぐいまれなワインで満たしたグラスを挙げる。空《から》になったグラスをテーブルに置く。私の痩せた白い指が、テーブルクロスの花模様の刺繍を撫でる。

想い出が蘇《よみがえ》ってくる……。

私はほくそ笑む。会食者たちが、貪婪《どんらん》な食欲を見せ、この彼らの国の狭苦しい畑で私が見つけてきた野ウサギのシヴェ（赤ワインで煮込み、血でつないだもの）を、嬉しそうに賞味している。

彼らが賞味しているのは実は、彼らのお気に入りの飼い猫の肉にほかならない。

先生方

学校時代、私は先生方に対して格別の愛情を抱いていた。先生方を前にすると、なんて素晴らしい方々なのだろう、なんて立派な方々なのだろうと感銘することしきりだったので、私はいつも、クラスメートたちの乱暴な振る舞いからなんとしても先生方を護らなければという義務感に燃えていた。徒《いたずら》に先生方を虐待する行為は、私を憤激させたものだ。先生方から悪い評点をもらったときでさえ、そうだった。悪い評点など、およそ気に病むべきものではまったくない。そんなことは誰だって先刻承知であるはずだ。それならば、一体なぜ、あのか弱くて、自己防衛の手段を持たぬ人びとを傷つけるのか？

あるクラスメートのことを憶えている。彼は非常に巧妙で、私たちの生物の先生の背後に音もなく忍び寄り、そして先生の脊柱《せきちゅう》に手を突っ込んだかと思うと、先生の神経組織をするりと抜き取って、私たち皆に配ったのだ。

神経を原材料にすると、かなりの物を製作することが可能だった。例えば楽器だ。もとの神経がすり減っていればいるほど、繊細な音が出るのだった。

数学の先生は、生物の先生とはずいぶん違っていた。彼の神経はまったく使いものにならなかった。その代わり、彼は完全な禿《は》げ頭の持ち主だったので、コンパスの助けを借りれば、その禿げ頭に完璧な円を二重、三重に描くことができた。あとで何らかの結論を導き出すべく、私はそれらの円の円周を手帖に入念にメモしたものだ。

当時の私の仲間たちは、なにしろ無知蒙昧《もうまい》にして粗野、件《くだん》の神経を加工して作ったパチンコを取り出し、嬉々《きき》として、私が描いてやった二重、三重の円を標的にした。それも、実に卑怯《ひきょう》なやり方でだった。先生が黒板にピタゴラスの定理の直角三角形を描こうと、私たち生徒に背中を向けるその瞬間を狙ったのである。

ついでに、才能豊かな人物だった国語・国文学の先生についても、いささか述べておきたい。もちろん、簡潔を心がけるつもりだ。私とて承知しているからである。他人の学校時代の想い出など、聴かされるほうにとっては退屈至極なものだということを――。

さて、あるとき、その国語教師は私の顔めがけてチョークを投げつけた。いつものように朝から居眠りしていた私を起こそうというのだった。私は無理やり目覚めさせられるのは大嫌いである。それにもかかわらず、私はちっとも怒らなかった。それほどに深い愛を、私は先生方に、またチョークに捧げていたのである。当時私はカルシウム不足を補うべく、とてつもない分量のチョークを消費していた。そのせいで少し高熱となることもあったが、それを口実にして学校をサボったことは一度もない。ことほど左様に私は――何度も繰り返して恐縮ではあるが――先生方のことが、そしてとりわけ（卓越した才能を有する）国語・国文学の先生のことが好きだったのだ。

だからこそ、ある日私は、せっかく披露した詩を生徒たちに貶《けな》され、嘲《あざけ》りの対象にされてしまったあの不幸な人物の哀れさにいたたまれず、十二時三十分きっかり、学校の脇の公園で、幼い女の子たちが忘れていった縄跳びの縄を用いて、彼の苦しみに終止符を打ってさし上げたのである。

この人道的行為により、私は禁固七年の「報い」に浴した。ところが、私はこれまでただの一度も、やはりあの行為は後悔せざるを得ない、などとは思ったことがない。それほどに、その七年はあらゆる種類の知見を得る上で有益な年月であったのだ。それほどに、看守たちに対する私の愛情と刑務所長に対する私の敬服の念は圧倒的だったのだ。

尤《もっと》もこれは、「先生方」とはまた別の話である。

作家

私は引退して、いよいよ、ライフワークといえる作品を書くことにした。

私は大作家なのである。ところが、まだ誰もこの事実を知らない。無理もないことではある。私はまだ何も書いていないのだから。しかし、私が私の本を、私の小説を書いた暁《あかつき》には……

まさにそのために、私は退いたのだ。公務員の職からも、そして……ん？ 他に何があったかな？ いや、他には何もなかった。そもそも友人を持ったことがないのだから、友だち付き合いもなかった。まして、女性との付き合いは皆無だった。とはいえ、ともかく、私は世間から身を退いて、偉大な小説を生み出すことにしたのである。

困っていることがある。どういうことが自分の小説のテーマとなるのか分からないのだ。あらゆることについて、どんなことについてでも、人類はすでに夥《おびただ》しく書いてしまった。

私は自ら察知している。自覚している。間違いなく私は大作家だ。それだけに、どんなテーマも、私の才能に引き比べて、じゅうぶんに適切で、大きくて、興味深いテーマとは思えないのである。

そこで、私は今のところ、機が熟すのを待っている。だが、待っている間、いうまでもなく私は孤独に、ときには飢餓感にまで苦しむ。けれども、まさにこの苦しみによって、私は、私の才能にふさわしいテーマが発見できるような心境に到りたいと願っているのだ。

残念なことに、テーマはなかなか現れてくれない。一方、私の孤独はますます重く、鬱陶《うっとう》しいものになってきている。沈黙が身辺に漂い、空虚さがいたるところに居坐る。やれやれ、我が家はそんなに広くないのだが。

それにしても、孤独と、沈黙と、空虚さという、この三つの恐ろしいものが、我が家の屋根を突き破り、爆発して星々にまで到り、無限に拡がっていく。そしてもはや私には、降り続いているのが雨なのか雪なのか、吹き荒れているのがフェーンなのかモンスーンなのか、区別がつかない。

私は叫ぶ。

「おれは書くぞ。全部書く、人が書けることの全部を書いてやる！」

すると、私に応じる声が聞こえる。皮肉まじりではあるが、ともかく一つの声だ。

「よしよし、分かったよ、坊や。全部《ぜーんぶ》欲しいんだね。オーケー。だけど、それ以上はだめだよ。いいね？」

子供

ビストロのテラスに椅子とテーブルが並べられていて、大人たちはそこに腰かけている。そうして、人びとが通り過ぎていくのを眺めている。なるほど人びとは、いつものとおり、通り過ぎていく。どこの誰であろうと、そんなことは問題ではない。きちんとした足取りで、通り過ぎていく。人びとは、順々に通り過ぎていくのが好きなんだ。

ぼくはそうはいかない。ぼくはわざと足を引きずる。大人たちに腕を引っ張られながら抵抗する。喚《わめ》く。動かなくなる。唾を吐く。泣き叫ぶ。それから、歩道の端に坐ってしまう。通り過ぎていくすべての通行人に、舌を出し、あっかんべーをする。

「わがままな子だな」と、通行人たちが言う。

「まったくもう、親に恥をかかせて」これはパパとママの台詞《せりふ》だ。

そっちこそ、ぼくに恥をかかせてるくせに。ぼくはライフル銃を買ってもらえなかった。あのかっこいいライフル銃が欲しかったのに。パパとママは言った。

「こんなもの、いい玩具《おもちゃ》じゃありません」

そんなことを言うけれど、ぼくは、パパが兵役に行くのを見たんだ。パパはライフル銃を、本物のやつを持っていた。人を殺すためのやつだ。ところが、ぼくがかっこいいライフル銃を見つけると、そのライフル銃はインディアンの猟銃で、子供用の、遊ぶためのものだったのに、パパとママはひどく悪い玩具だと言った。そしてぼくに買ってくれたのは、ただの独楽《こま》だった！

ぼくは今、ここにいる。歩道の端に坐っている。立ち上がる。喚く、泣く、唾を吐く。そして、声を張り上げる。

「わがままなのはパパとママだ。親として、恥ずかしくないのかよ。平気で嘘を言ったり、優しいふりをしたり！　ぼくが大きくなったら、パパとママなんか、殺してやる！」

家

少年は十歳だった。歩道に腰を下ろし、トラックを見ている。そのトラックに、人びとが家具や大きな箱を積み込んでいる。

「あの人たち、何をしているのかな？」遊び友だちの一人がそばにやって来て自分の横に腰を下ろしたので、少年は尋ねた。

「決まってるじゃないか！　引っ越していくんだ。おれ、引っ越し屋になりたいなぁ。かっこいい仕事だ。ヤワな体じゃできないんだぜ」

「つまり、別の家に住むってことなの？」

「そりゃそうさ、引っ越すんだからな」

「かわいそうに。あの人たちには、何か不幸なことが起こったのかな？」

「どうして不幸だなんて思うんだ？　その反対さ。あの家族は余所《よそ》へ移っていって、もっとデカくて、もっとキレイな家に入るんだ。おれがあの人たちだったら、大喜びさ」

少年は自分の家に帰った。庭の草むらに坐り込んだ。そして、涙を流した。

「なんということだろう。考えられない……。住み慣れた家を離れて別の家に住むなんて、誰かを殺してしまうのと同じくらい悲しいことじゃないか」


十五歳の時、彼は生まれ育った〈小さな町〉から〈大きな町〉へ転居した。季節は冬だった。車窓から、自分の子供時代が遠ざかっていくのを彼は眺めていた。それから、笑みを浮かべて、母親に言った。

「母さん、今度の町で母さんが気分よく暮らせるといいなと思うよ」


しかし、ある日、彼は昔の家にふたたび足を踏み入れた。ある日曜日、六月初旬のことだった。

隣の家の住人は身体にハンディキャップのある男で、以前から、この行儀のいい、寡黙な少年を可愛がっていた。この隣人が少年との再会を大いに喜んだ。

「さあさあ、そこに坐って、〈大きな町〉へ行ってからのことを話してくれたまえ」

「ここは、何ひとつ変わっていませんね」一部屋しかないその家の室内を見回して、少年は答えた。「庭に出てみてもいいですか？」

垣根を一跨《ひとまた》ぎして、彼はふたたび自分の家の敷地に入った。

陽光に痛めつけられ、熟しすぎた木苺の匂いが、庭の空気の中に漂っている。

彼は歩を進めた。そして、目にした。

家がそこにあった。じっと動かず、空虚なありさまで。

「なんだか疲れているようだね」家に向かって、少年は言った。「それでも、ぼくが戻ってきたことは知ってほしいな」

それ以降、少年は毎週、家を訪問するようになった。やって来ては家を眺める。家に向かって語りかける。

「ぼくと同じくらいに辛《つら》いのかい？」ある日の午後、彼は家に向かって問いかけた。

十月の雨が灰色の外壁を容赦なく打ち、風が窓を震わせていた。

「泣かないでくれ」自らむせび泣きながら、彼は叫んだ。「約束するよ、ぼくは必ず戻ってきて、それからはもうけっして離れない」

見知らぬ男が窓から身を乗り出し、険しい目つきで庭を見下ろす。

「人がいる」少年は心に一撃を喰らって呆然《ぼうぜん》とし、呟《つぶや》いた。「きみは他人を受け入れた。もうぼくを愛してくれていないんだ。あの男が憎い！」

窓が閉じられた。乾いた音が耳に残った。やがて、列車が駅を発《た》ち、見渡すかぎりの枯れ野を突っ切り、遙か遠方へと飛び立っていった。

まもなく大海原が少年と家の間に割って入った。それから、時も彼らを隔てた。

少年はもはや少年ではない。大人の男になっている。

ところが、時と大海原が、都会の光が、摩天楼が、夜中、彼に囁《ささや》く。

「ほら、どうだい、きみは遠くへ行ってしまった。ぼくから遠く離れた所へ」

人びとの顔、無数の顔、画一的な顔、騒音、常軌を逸した音量にもかかわらず、あまりの単調さゆえに却《かえ》って沈黙に類似してしまう喧騒《けんそう》、大時計、鐘、目覚まし時計、電話、クッション付きのドア、エレベーターの昇降音、笑い声、浮かれた、耐え難い音楽。

それらすべての上に、諦めたような、ほとんど取るに足らない声が、悲しくも年老いた、遠方からの声が被《かぶ》さる。

「ほら、分かるだろう、どんなにきみがぼくから遠く離れているか。きみはぼくを見捨てた。ぼくを忘れてしまった」

あの小さかった少年が今では金持ちの男になっている。彼は決心した。自分のもとの家を、最初の家を再建しようと。家なら、すでにいくつも所有している。海辺の別荘、高級住宅街の邸宅、高原の山荘。しかし、あの最初の家、唯一無二の家が欲しい。

彼は建築家に相談した。子供時代の家を語った。しかし細部には、はっきりしないところがあった。

建築家は苦笑いした。毎度のことなのだ。現実からかけ離れた夢のような建物を注文されるのは。

「精確な数値、つまり寸法が必要です。寸法が分からなければ、どうしようもありません」

「ええ、それはそうでしょうね。向こうへ手紙を書くことにします。寸法を測らせます。大事なのはヴェランダなんです。それから、壁にまとわりつくようにして伸びる葡萄《ぶどう》の木。葡萄の葉や房の上にたまる砂ぼこりも忘れてはいけません」

家ができ上がると、彼は頷《うなず》いた。

「うん、これなら、あの家と瓜二つだ」

彼は笑みを浮かべていた。が、眼は虚《うつ》ろだった。

数日後、彼は誰にも何も告げずに出ていった。

ある場所から別の場所へ、ひとつの町から別の町へ、彼は飛行機を、船を、列車を乗り継ぐ。

相変わらず、余所《よそ》にいる。ここに、あの家を想わせるものは何もない。大都市の冷たい光の群れ、美しいといえば美しいのだけれども、求めているものとは異なる。あのような光の群れは、好きになろうと思ってみることすらできない。

「私はコピーを造らせせようとした。なんと馬鹿げていたことか。人が体験したものの複製を拵《こしら》えることなど、できるはずがないのに」

ある大きなホテル。あの家を想わせるものは何もない。階段に絨毯《じゅうたん》、ホールにも絨毯。

「お客様、お手紙が届いております」

エレベーターの中で、彼は封を切る。

「いったいなぜ出ていったの？」

衝撃。しかし、家屋《かおく》が手紙を書くはずがない。差出人は、何のことはない、彼の妻だった。

「いったいなぜ出ていったの？」

たしかに不思議だ。いったいなぜ？

手紙はホテルの部屋の机の上に残される。明日、列車は、疲れ果てて呻《うめ》く線路の上をさらに遠方へと飛び立っていくだろう。

線路があまりにも疲れたためか、列車は四方見晴らしのきく平原の真ん中で停止する。故障である。

ひとりの男が一等の寝台車から外へ抜け出す。その姿に注意を払う者はいない。男は線路の土手を下りる。そこは泥だらけの枯れ野だ。列車がまた動き出す。列車の音がしなくなると、男が話し始める。

「なんだか疲れているようだね」彼は言った。「それでも、ぼくが戻ってきたことは知ってほしいな」

一軒の家が彼の眼前に起立している。じっと動かず、年老いたありさまだ。

「きみは美しい」

皺《しわ》の寄った彼の手が、荒れてひびの入った外壁を撫でる。

「見たまえ。ぼくは腕をひろげる。きみを抱く。かつてこうして、愛そうと思ってみたこともない女を抱いたのだが」

家のヴェランダのすぐ下に、ひとりの少年が現れる。夕暮れの空に浮かぶ月の方へ目を向けている。

男が少年に近づく。

「きみを愛している」こう言ってしまってから、男は、この決まり文句を自分で口にしたのはこれが初めてではないだろうかと思う。

子供は険しい目つきで彼をじろりと見る。

「少年よ」男が言う。「なぜきみは月を見ているのだ？」

「ぼくが見てるのは月じゃないよ」子供が苛立って答える。「ぼくが見てるのは月じゃない。ぼくは未来を見てるんだ」

「未来だって？」男が言う。「私はね、その未来からやって来たんだ。未来には泥だらけの枯れ野しかないのだよ」

「嘘だ、嘘にきまってる」子供は怒って喚《わめ》く。「あそこには光が、お金が、愛が、花のいっぱい咲いている庭がある！」

「私はね、その場所からやって来たんだ」男は穏やかに繰り返す。「あそこには泥だらけの枯れ野しかないのだよ」

するとと、子供は男が誰なのかを悟り、泣き出す。男は自分を恥じる。

「あのね、未来がそんなふうなのはもしかすると、この私がここから出ていってしまったからかもしれないよ」

「ああ、そうなの」子供は安心する。「ぼくはここから出ていったりは絶対にしない」

女性が叫び声を上げた。ヴェランダのすぐ下に老人が腰を下ろしているのを見たからだ。その叫び声を聞いても、男は動かなかった。まだ死んでしまってはいなかったのだけれども――。彼はただ単に、そこに坐っていた。そして、微笑みを浮かべ、空を眺めていた。

わが妹リーヌ、わが兄ラノエ

——わが妹リーヌ、ぼくは街をさまよい歩く、おまえに告げるべきか、告げざるべきか、おまえはすでにそのことを知っているというのに……、わが妹、わが愛、おまえの唇、おまえの耳朶《みみたぶ》、ああ、わが妹リーヌ、他の女の子たちなど、ぼくには存在していないも同然だ、おまえしかいないのだ、わが妹リーヌ、幼い頃から、ぼくはおまえの裸を見てきた、乳房も、性器もない裸体、ぼくの目にとまるのはおまえの太腿《ふともも》だけだった、そこを除けば、おまえの体はぼくの体と似ていた。わが妹リーヌよ、年月が経過した、おまえがぼくに密着して太腿を締めつけるとき、ぼくは狂喜する、そして目の前に、驚愕《きょうがく》するおまえの顔、涙を堪《こら》えて震えるおまえの唇。リーヌ、わが妹リーヌよ。今日、ぼくは気がついた。洗濯物の中のおまえのショーツに血が付いているのを、おまえは女になったのだ、ぼくはおまえを売らなければならない、わが妹、ああ、わが妹リーヌ！

——わが兄ラノエ、事はこんなふうに進むものなの？　わが兄ラノエ、今夜あなたは外へ出ていった。わたしは取り残された、家には年寄りしかいず、あなたがいないのでわたしは怖かった。時間が経って、年寄りの男と年寄りの女、彼らはいっしょに寝た、ところがあなたは、わが兄ラノエよ、まだ帰ってこなかった。わたしは窓辺で長い間待った、やがてあなたが、別の男とともに到着した。あなたと見知らぬ男、あなたたちはわたしの部屋に入ってきた、そしてわたしは、あなたの望むすべてのことをした。わたしは女よ、わが兄ラノエ、年寄りの男とあなたに自分が何を負っているか、わたしは知っている、嫌がりはしないわ、わが兄ラノエ、あなたが望むのなら、相手が誰でも、わたしはわたしの体を好きにさせる。でも、お願い、年寄りたちが眠っている間、わたしの手を握っていてちょうだい、別の男がわたしを抱いている間、わたしの髪を撫で続けてちょうだい。ラノエ、わが兄、わが愛、わたしを愛してほしい、さもなければ、わたしの首にロープをかけてほしい。

どちらでもいい

上を向いても、下を向いても、蒼ざめた顔、棘《とげ》のある花、アザミ。

誰かが何かを歌っている。

それがどうした、どちらでもいいことだ。美しいとすら言えない。悲しい歌、すっかり古くなってしまった歌。

「で、明日は？　起きたら、どこへ行く？」

「どこへも行かない。いや、もしかしたら、何はともあれ、どこかへ行くかもしれない」

どちらでもいい。どのみち、どこへ行ったとて、居心地はよくない。

それにしても、眠るのは難しい。ときどき鐘が鳴るし、大時計もうるさい。

「あなたのハンカチをひろげてください。跪《ひざまず》きたいので」

「さあ、どうぞ」

彼らは市街電車の中で二人だ。一人が運転手、もう一人が車掌。

終着駅で下車する客が一人もいない。

すべての市街電車が停まる駅なのに。

乗車する客もまた、一人もいない。

どちらでもいい。

彼らは跪く。彼らは言葉を交わしている。

「私と言葉を交わしたいのですか？」

「てっきり、あなたはお祈りをしたいのだと思いましたが」

「お祈りは済みました」

「ああ、それなら話が違いますね。それじゃ、もう出発できるわけだ。明日、あなたに電話します」

「最近、何か変わったことあった？」

「子供たちは元気？」

「ありがとう。今のところ、二人を除いては皆元気よ。いちばん年嵩《としかさ》の子たちは商店に潜り込むの。体を暖めるためにね。あなたのところはどんなふうなの？」

「特別なことは何もない。うちの犬が清潔になったことくらいかしら。月賦で家具を買ったわ。数日おきに雪が降るわ」

郵便受け

うちの郵便受けを開けるのは一日二回と決めている。午前十一時と午後五時である。郵便配達は通常、もっと早い時刻に来る。朝は九時から十一時までの間だが、非常に不規則だ。午後は四時頃と決まっている。

私はつねに、できるだけ遅い時刻に郵便受けを確かめることにしている。そうすれば、郵便配達がまだ来ていないなんてことはないと確信できるからだ。さもないと、郵便受けの中が空っぽの場合に、私は虚《むな》しい希望を抱いてしまう。私は思うだろう。「もしかすると、今日はまだ来ていないのかもしれないぞ」そして、しばらくしてからもう一度階下へ降りてこないではいられなくなる。

あなたには、郵便受けを開けたら中が空《から》だったという経験がありますか？

もちろん、あるでしょう。誰もが経験することですから。しかし、あなたは、そんなことは屁とも思わない。郵便受けが空であろうと、義母からの手紙だの、展覧会初日への招待状だの、遠方で休暇を楽しんでいる友人からの葉書だの、そんな何かが入っていようといまいと、あなたにはどちらでもいいことだ。

私はというと、私に義母はいない。いるはずがない。なにしろ、私には妻がいないのだから。

親、兄弟、姉妹もまた、私にはいない。

いずれにせよ、いるのかいないのか、私は知ることができない。

私は孤児院で生まれた。いや、もちろん、孤児院で生まれたわけではない。けれども、物心がつくよりもっと早く、自分の存在に気がついたときに、私は孤児院にいたのだ。

初めの頃は、不思議とは感じていなかった。世界はそういうものだと思っていた。大勢の子供がいて、子供というものは、すでにかなり大きかったり、まだそれほど大きくなかったり、もっと小さかったりする。非常に乱暴であったり、それほど乱暴ではなかったりする。大人も幾人かはいた。大きな子からぼくたちを護ってくれる大人たち。私は知らなかったのだ。孤児院ではない所にも子供たちがいて、それぞれ、ひとりの父親、ひとりの母親、さらには姉妹、兄弟、つまり家族と呼ばれるものといっしょに暮らしているということを。

後年、私は、別世界に住むそうした子供たちに出会った。彼らには、両親が、兄弟が、姉妹がいた。

そこで、私は急に、自分の両親を想像し始めた。私にも親がいたはずだった。子供がキャベツ畑で生まれるなんていうのは作り話なのだから。兄弟たちや姉妹たちのことも想像した。あるいは、せめて兄弟一人か、姉妹一人はいるのではないかと。

私は希望を郵便受けに託した。「ジャック、ついにあなたを見つけたわ。わたしはアンヌ＝マリー、あなたの姉よ」というような手紙が届くことを。

奇蹟を待ったのだった。

しかし、フランソワも、アンヌ＝マリーも、私を見つけてはくれなかった。

そして私も、彼らを見つけはしなかった。

もちろん、父か母からの手紙でもいい。それが一通舞い込めば、私は満足する。父も母もまだ生きていると思う。私はまださほどの年配ではない。父でも、母でもいい。たとえば、こんな手紙をくれないだろうか。

我が母から――

「大切なジャックへ。あなたが今では出世して、大した社会的地位を築いていると聞き知りました。よくぞそこまで頑張ったわね。おめでとう。わたしはというと、あなたが生まれた頃と同じで、相変わらずの貧乏暮らし。日々のやりくりにも困っているようなありさまです。でも、あなたが裕福になっていると分かって、とても嬉しいわ。わたしはあなたを自分のそばに置いて、自分で育てたかったのよ。そうできなかったのは、あなたのお父さんが悪いの。あの人は、あなたをお腹の中に宿したわたしを捨てたのですもの。わたしはあなたをこの胸にいつまでも、いつまでも抱き締めていたかったのに。

今では、わたしも年老いてしまったわ。少しお金を送ってくれるかしら。わたしはあなたの母親なのだし、赤貧に苦しんでいるのに、歳のせいで、もう誰も雇おうとはしてくれないのだから。あなたを愛し、何かにつけてあなたのことを想っている母より」

我が父から——

「親愛なる息子よ。私は昔から息子が欲しくて、息子がいるのは幸せなことだと思ってきた。そして今、おまえのことが誇らしい。なにしろ、おまえの社会的地位は大したものだから……。おまえが今の地位をいったいどうやって築いたのか、私には分からない。私はというと、何をやっても成功しなかった。一生、まるで徒刑囚のように働きづめに働いてきたのだがね。

おまえの母親が腹の中におまえを宿したと私に告げたとき、私は船の乗組員になって遠くへ去ったのだった。私は各地の港で、また居酒屋で働いて暮らした。どこかに妻と子供を置いてきていると思うといつも悲しかったが、おまえたちを引き取ることはできなかった。私の稼ぎは少なくて、その金も酒代に消えるのが常だったからね。酒を飲むのは、おまえたち二人のことを想うたびに疼《うず》く心の痛みをごまかすためだった。さて、今では私は、酒の飲み過ぎと不幸のせいで衰弱してしまった。もはや船の乗組員にもしてもらえない。港で自分にできる雑多な仕事をして暮らしているが、ろくな稼ぎにはならない。私はもう年寄りなのだ。だから、私の境遇のことを考えて、もし少しでも金を送ってくれれば、たいへん有り難いと思う。生涯を通じて息子に愛情を抱いてきた父より」

　このたぐいの手紙を私は待っていた。そして、もしこのたぐいの手紙が届いたなら、どんなに喜んで私は、苦境にいる彼らに助けの手を差し延べたことだろう。どれほど幸せな気持ちで彼らの呼びかけに応えたことだろう。

　しかし、何も入っていなかった、このたぐいのものは何ひとつ、私の郵便受けに入っていなかった。今朝までは。

　今朝、私は一通の手紙を受け取った。差出人は、この都市の企業家のうちでも指折りの一人だった。名前を知らない者がいないほどの名士。当然ながら私は、これはビジネス・レター、仕事をオファーするレターだろうと思った。私は室内装飾家である。ところが、手紙はこう始まっていた——

「我が息子よ、
　きみは実のところ、我が人生における若気の過ちにすぎなかった。

　しかしながら、私は責任を引き受けた。きみの母親をすこぶる裕福な環境に置いてやったのだ。彼女が、自分で働かなくてもきみを育てることができるようにね。ところが、あの女は、私の金を自分のために利用するばかりだった。きみを孤児院に預けておいて、相変わらずの乱れた生活を続けたのだ（最近聞き及んだところによれば、あの女は十年ばかり前に死んだらしい）。

私はというと、ふだんから世間の注目を集めている立場上、きみの面倒を直接見るわけにはいかなかった。なにせ、当時すでに正式に結婚していて、家族もいたのだからね。

とはいえ、知っておいてほしい。私はきみのことをけっして忘れたことがなく、世間に大っぴらになることのない間接的な方法で、ずっときみの援助をしてきたのだ（学費も、美術学校に通うための奨学金も、出していたのは私なのだ）。

もちろん私のほうも、認めなくてはならない。きみはきみで見事に学校と世間を渡ってきた。その点については称賛を惜しまない。きみはそうした面をこの私から受け継いだのだよ。私も、同じようにゼロから出発してここまでやって来た人間なのだ。

残念ながら私には、きみ以外に息子はいない。娘ばかりなのだ。そして、娘婿はどいつもこいつも無能だ。

今では、我が人生も終わりに近づいてきている。世間体はもう問題ではない。それゆえ私は、ほかでもないきみに事業を譲ることに決めた。私は疲れたのだ。今や休息だけを欲している。

そういうわけだから、来月（五月）二日、午後三時、私のオフィスに来てくれたまえ。住所は、この便箋《びんせん》のヘッドに印刷されているとおりだ。

父より」

続いて彼の署名。

これが、三十年待った末に私が父から受け取った手紙である。

もちろん父は確信している。五月二日、午後三時、息子が喜悦満面、自分のオフィスにやって来ると。

五月二日、それは十日後だ。

今夜、私は空港のロビーに坐っている。インド行きの飛行機を待っているのだ。

どうしてインドなのか？

インドでなくても、どこでもいいのだ。私の「父」が私を見つけるなどということのあり得ない所ならば――。

間違い電話

いったい、うちの電話番号はどうしたというのだろう？　とにかく、似た番号がたくさんあるのに違いない。似た番号がたくさんあるから迷惑だ、というのではまったくない。むしろ好都合だ。なにしろ、電話が鳴るたびに単調な日常が断ち切られて、しばし気分転換ができるのだから。失業してからこっち、私はときどき、退屈でうんざりしているのだ。いや、四六時中ではないし、心底うんざりしているかというと、実はそうでもない。日中の時間は驚くほどの速さで過ぎていく。朝だと思っていたらあっという間に日が暮れるので、このただでさえ短い一日のうちに、よくもまあ人は八時間もの労働時間を押し込んだものだと思うことさえある。

しかし一方、夜は長くて、沈鬱《ちんうつ》だ。だから、私は電話が鳴るとうれしい。たとえそれが、たいてい、いや、ほとんど常に、間違い電話であり、私は間違った番号の持ち主にすぎないとしても。

世間の連中の注意散漫なことといったら。

「もしもし、ラントマン・サービスステーション（「ラントマン」は別の綴りでは「ゆっくりと」の意の副詞）だよね？」

と、電話をかけてきた男が言う。

「いえ、すみません」私は困惑して答える（おっと、何かにつけてすぐ「すみません」と言ってしまうこの癖を、いい加減になんとかしなくては……）。「番号を間違えておられますよ」

「困ってるんだよ」電話の相手は言う。「今、セリエールとアルーズの間の高速にいるんだがね、車がガス欠になっちまって」

「申し訳ありませんが」と私は言う。「お車の修理はできません」

「ラントマン・サービスステーションなんだろ？　違うのか？」そう言って、相手は苛立つ。

「ラントマン・サービスステーションじゃなくて申し訳ありません。でも、もしお役に立てることがありましたら……」

私は電話ではいつも愛想よくするように心がけている。そんなことをしても何にもならないと思える場合でもだ。人生、先のことは分からない。ときには、そんなきっかけから知り合いや友だちができることだってあるのだ。

「おう、役に立ってもらえるとも。ガソリンを持ってきてくれりゃいいんだ」

男の声に期待感が籠《こ》もっている。たまたま電話で話すことになった私のことを、こいつは間抜けなお人好しだと見当をつけたらしい。その当て推量、外《はず》れてはいない。

「まことに申し訳ございませんが、うちにガソリンはないんです。あるのはランプを灯《とも》すためのアルコールくらいでして」

「そんなら、せいぜいランプでも灯してろ、バカ野郎！」——そう言い放って、相手は電話を切る。

間違い電話をかけてくる連中は皆、こんな感じだ。欲しがっているものが当方にないと知ると、とたんに冷淡になる。もう少しくらいお喋りを続けてもいいだろうに。

それにつけて想い出すのは、これまでに受けた間違い電話のうちでも最高のやつのことだ。呼び出し音が鳴り出してからかなり長い間、私は受話器を取らなかった。当時私は、非常に悲観的な気分をかこっていたのだ。電話してきたのは女性だった。時刻は夜の十時。

私は人生に食傷しているような、それでいてどこかに不安をたっぷり帯びているような、いつもの声音を整えた。

「もしもし？」

「マルセル？」

「はい、何ですか？」私は慎重に応じた。

「ああ、マルセル！　やっと見つけたわ。あたし、さんざんあなたを捜したのよ」

「ぼくもだよ」

嘘じゃない。私はずいぶん前から彼女を待ち望んできた。

「あなたも？　ええ、そうだと思うわ。ねえ、憶えてる、あの湖畔でのこと？」

「いや、憶えていない」

こう返事したのは、私が根っからの正直者だからだ。私はいかさまを好まない。

「憶えていないですって？　あなた、あのとき酔っていたの？」

「そうかもしれない。ぼくはよく酔っぱらうから。それはともかく、ぼくの名前はマルセルじゃないよ」

「当然よね」と相手は応じた。「あたしの名前もフローランスじゃないわ」

いいだろう、これだけでも一つのやり取りをしたとは言える。私は今や、間違い電話をかけてきた女の名前が少なくともフローランスでないことを知っている。もう電話を切ってもよい頃合いだ。ところが、彼女が突然言い出す。

「それはそうね、あなたはマルセルじゃない。でも、あなた、いい声の持ち主ね」

これを聞いて、私は黙る。けれども彼女は続ける。

「深くて優しい、とっても魅力的な声だわ。あなたに会って、あなたのことを知りたいわ」

私は相変わらず黙っている。

「ねえ、聞こえてる？ どうして黙ってるの？ あたし、番号を間違えたことは分かってるの。あなたはマルセルじゃない、というか、つまり、あたしにマルセルだって名乗った、あの人じゃないわ」

また沈黙が流れる。特に、私のほうは声を発しない。

「もしもし、聞こえてるわよね？ あなたのお名前は？ あたしはギャランスよ」

「フローランスじゃないわけだ」と私は念を押す。

「そう、フローランスじゃなくて、ギャランス。あなたは？」

「ぼくは、リュシアン」（これは真実ではない。が、ギャランスにしても同じことだろう……たぶん）

「リュシアン？　いい名前だわ。どうかしら、どこかで会わない？」

私は息を呑んでいる。額から汗がしたたり落ちて目に入ってくる。

「面白いかもしれないわよ」とギャランスが言う。「そう思わない？」

「さあ……」

「あなたが結婚していない人だといいんだけど？」

「結婚？　結婚なんてしてない」（この私に結婚だなんて、なんと見当外れな！）

「それなら？」

「だけど」

「だけど、どうなの？」

「お望みなら、会ってもいいけれども」

彼女は上機嫌になる。

「なるほど、分かったわ。あなたはきっとシャイなのね。シャイな人、あたしは好きよ（マルセルと対照的でいいのだろう）。じゃあ、いいこと、あたしのほうから提案するわ。明日、午後四時から五時までの間、あたしはカフェ・デュ・テアトルで待っています。明日は土曜だし、勝手な推測だけど、あなたもお仕事、お休みでしょ？」

彼女の推測は当たっている。土曜日、私に仕事はない。第一、他の日も仕事はない。

「明日のあたしの装いは……」彼女はのべつ幕なしに喋る。「そうね、チェックのスカートを穿《は》いて、上はグレーのブラウスと黒のベストにするわ。一目で見分けがつくはずよ。あたしの髪はというと、褐色で、少し長めのカット。あ、ちょっと待って（おやおや、さっきから私はずっと待ちの姿勢だというのに）。あたしね、赤い表紙の本をテーブルの上に置いておくことにする。あなたのほうは？」

「ぼく？」

「そうよ、あなたよ。あたしはあなたのどこを見れば、あなただってことが分かるのかしら？　背が高いとか、低いとか、痩せているとか、太っているとか……」

「ぼくの外見？　どう思ってもらってもいいけど、まあ、普通くらいの背丈で、太っても、痩せてもいない」

「口ひげとか、顎ひげとか、生やしてるの？」

「いや、ひげは全然生やしてない。別に考えはなくて、毎朝ひげを剃るから」（いや、ほんとうを言うと、不規則に、三、四日に一回剃るだけだ）

「ジーンズは、穿く？」

「もちろんさ」（これは真実ではない。でも、相手はジーンズが好きなのにちがいないから）

「そして、黒の、ざっくりしたセーターね、きっと」

「そう、たいていは黒のやつだよ」私は彼女を喜ばせるためにこう答える。

「服装は了解よ。髪は短い？」

「うん、髪は短い。けど、すごく短い、というわけじゃない」

「あなた、金髪？　それとも黒い髪？」

苛立たしい女だ。私の髪は褐色と灰色が混ざっていて、かりそめにも綺麗とはいえないのだが、そんなことを白状するわけにはいかない。

「栗色さ」と言い放つ。

栗色はこの女の気に入らないかもしれないが、だからって、どうと言うことはない。

いろいろ考え合わせれば、車のガス欠で困ってたあの男のほうが感じがいいくらいだ。

「うーん、漠然としてるわね」彼女は言う。「でも、あたし、あなたを見分けることができると思う。手に週刊誌でも持っていてくれないかしら？」

「どの週刊誌？」（図に乗っていろいろと要求してくるものだ。私は新聞や週刊誌はいっさい読まない）

「そうね、『新《ヌーヴェル》 オプセルヴァトゥール』（インテリ層を読者とする穏健左派週刊誌）がいいわ」

「分かったよ。『新《ヌーヴェル》オプセルヴァトゥール』を持っていく」（私は『新《ヌーヴェル》オプセルヴァトゥール』なんて見たこともない。しかし、キオスクで見つけることはできるだろう）

「じゃあ、明日ね、リュシアン」と言ったあと、電話を切る前に女は付け加えた。

「なんだかわくわくするわね！」

わくわくする、だと！　実際、こういう言葉を平気で口にする連中がいる。私は、あんな話し方は絶対にできない。私には使うことのできない言葉がたくさんあるのだ。たとえば、「わくわくする」「高揚感がある」「詩的な」「魂」「苦悩」「孤独」等々。格別難しい理由があるわけではない。ただ単に、私はそれらの言葉を発音しようと思っても発音できない。恥ずかしいからだ。あたかも、それらの言葉もまた、「糞！」「あばずれ」「きったねえ！」「淫売」などと同様に猥褻《わいせつ》な語、下劣な語であるかのように。

翌日、私はジーンズを買い、ざっくりした黒のセーターも買う。とてもお似合いですと売り子に言われるが、慣れていない服装だから落ち着かない。床屋にも行く。シャンプーをしてもらって、髪を染めようというわけだ。床屋が濃い栗色がいいだろうと言うので、任せる。うまくいかなかったら、それはそのときのことだ。ところが、結果は申し分なしだ。私の髪は今や綺麗な栗色だ。ただ、これにもまた慣れていないものだから落ち着かない。

私は帰宅する。鏡に自分を映してみる。二時間、三時間と経過するが、私は相変わらず鏡の中の自分を見ている。そして、もうひとりのやつ、見知らぬ男もまた、私を見ている。気に入らないやつだ。こいつは私よりかっこいい。私より容姿がいいし、私より若い。けれども、こいつは私ではない。私はかっこよさでも、容姿のよさでも、若さでも劣るが、しかし、慣れているかどうかという点では勝《まさ》っている。

四時十分前だ。行かなくてはならない。急いで着替える。着古して擦り切れそうになっている茶のコーデュロイの上下を着る。『旧《アンシアン》オプセルヴァトゥール』は買わない。カフェ・デュ・テアトルに着いたのは四時十五分。

席に着く。辺りを見回す。

ボーイが来る。グラスワインの赤を一杯、注文する。

辺りを見回す。男が四人、トランプに興じている。一組の男女がうつろな目をし、見るからに退屈している。別のテーブルには女性が一人。グレー系統の色合いのプリーツ・スカート、明るいグレーのブラウス、黒のベスト。銀の三重の鎖から成る長いネックレスも着けている(彼女は昨日、ネックレスのことは言わなかった)。その女性のテーブルには、コーヒーカップとともに、赤い表紙の本が一冊、載っている。

かなりの距離があるため、女性の年齢を見積もることはできない。それでも私は看て取る。美人だ、すごい美人だ、自分には明らかに不似合いなほどの美人だ。

私はまた、彼女が悲しげな美しい眼をしていて、その眼の奥に一種の孤独が潜んでいることをも看て取る。かくして、彼女の方へ近づいていきたい気持ちに駆られる。けれども、そうする踏ん切りがつかない。今にも擦り切れそうな古いコーデュロイの服を着てきたからだ。私はトイレに入る。鏡を一瞥《いちべつ》する。自分の栗色の髪が恥ずかしい。自分を彼女の方へと突き動かすこの気持ちの弾《はず》みも恥ずかしい。「彼女の悲しげな美しい眼」だの、「その眼の奥に潜んでいる一種の孤独」だの、想像力の愚かな気まぐれにすぎないのに、どうしてこんな気持ちになるのか。

私はホールに戻る。彼女のすぐそばのテーブルを選び、彼女を観察し始める。

彼女は私には目もくれない。彼女が待っているのは、ジーンズを穿き、ざっくりした黒のセーターを着て、手に知的な週刊誌を持っている青年なのだ。

彼女がカフェの壁にかかっている時計に目をやる。

私はついつい彼女を見つめてしまう。私の視線がうるさかったのにちがいない。彼女はボーイを呼び、支払いを済ませた。

その時だ。カフェのドアが開いた。というか、西部劇でよく見るように、観音開きのドアが外から勢いよく押し開かれた。闖入《ちんにゅう》してきたのは私より若い青年で、その青年はフローランス＝ギャランスのテーブルの前に立ちはだかった。見ると、ジーンズに黒のセーターという出で立ちだ。腰にコルト式拳銃を携《たずさ》えていないこと、拍車付きのブーツを履いていないことが、むしろ意外なほどである。漆黒の長髪が肩にまで達し、同じように黒い、堂々たる顎ひげをも蓄えている。青年は、私をも含めて居合わせた者全員の上に視線をめぐらせる。続いて、私の耳に、彼らの交わす言葉が明瞭に届く。

彼女が言う。

「マルセル！」

彼が答える。

「どうしておれに電話しなかったんだ？」

「電話はしたのよ。でも、あたし、数字を一つ聞き違えていたようなの」

「誰かと待ち合わせでもしてるのか？」

「ううん、誰とも待ち合わせなんかしてない」

嘘だ。私は存在している。ここにいる。彼女は私を待っていたんだ。けれども幸いなことに、そのことを知っているのは私ひとりであり、私が立ち上がって彼らにそのことを告げるなどということは、まったくあり得ない。ましてや、マルセルはこう言っているのだから。

「それなら、行くか？」

「ええ、行きましょ」

彼女が立ち上がり、二人は立ち去る。

田園

それはもう我慢の限界を超えていた。

彼の住む集合住宅の窓は街の広場に面していたが、その広場も昔は風情《ふぜい》があったのだ。ところが、当時はすでに、車の騒音が、唸《うな》るようなエンジンの音が、片時もやまないという状況になっていた。

夜中でも騒音がやまない。窓を密閉しないかぎり、眠ることは不可能だった。いやもうほんとうに、なんとか許せるというような環境ではなくなっていた。子供たちが外に出るやいなや車に轢《ひ》かれるというようなことも、起こりかねなかった。あれでは、一瞬たりとも気が休まらない。

奇蹟的にも、都市部から離れた田園のこの小さな家を買わないかと言ってくれた人がいた。持ち主に打ち捨てられてしまった家屋《かおく》で、ものの数にも入らないような資金で手に入れることのできる物件だった。もちろん、多少の修理はしなければならなかった。屋根とか、壁の塗装とか。また、風呂場を設置する必要もあった。しかし、そうした費用を勘定に入れても、まったく安い買い物だった。

それに、なんといっても、自分自身の家で、つまり「我が家」で暮らせるようになったのだ。

彼はミルクを、卵を、野菜を、近所の農家で買うことにした。町のスーパーで同じ物を買うのに比べたら、半額だった。しかも、変な混ぜ物をしていない、正真正銘の自然食品。

唯一厄介なこと、それは毎日、その家と職場を隔てる二十キロの距離を二往復しなければならないことだった（ヨーロッパでは一昔前まで、昼食は職場から自宅へ帰ってとるのが一般的だった）。しかし、なあに、わずか二十キロ！　車で片道十五分の移動にすぎない。

（もっとも、渋滞、事故、故障、警察の検問、濃霧、路面氷結、大量の雪などの場合はそうはいかない）。

学校も少し遠かった。しかし、登校・下校のときに三十分ほど歩くのは、子供のためにとてもよいことだ。

(もっとも、雨の日、雪の日、寒すぎる日、暑すぎる日は、話が別だ)。

多少の不便はあっても、結局のところ、そこは天国だった。

だから彼は、都市部に到着すると、車を例の広場に、しかもしばしばかつての自分の家の窓のすぐ下に停めたが、そのとき、よく笑みを浮かべたものだ。広場に侵入してくる車の排気ガスを吸いながら、自分はこういうものから家族を解放したのだと実感し、満足感を覚えたのである。

やがて、高速道路建設計画が発表された。

彼は市庁舎に掲示されたプランを見に行き、計画されている六車線道路がまさに自分の家の土地か、そのすぐ近くを通ることを知った。愕然《がくぜん》としたことはいうまでもない。が、一瞬のち、彼の脳裏に閃《ひらめ》きのようなものが走った。もしほんとうに高速道路がぼくの土地の上を通るなら、当然ぼくは補償を受けることになるだろう。そしたら、その補償金で、田園地域に、また別の家を買うことができるぞ。

落ち着かない気分でいるのは嫌だ、はっきり見通しをつけたいと思った彼は、市役所の担当者に面会を求めた。

担当者は愛想よく彼をオフィスに迎え入れた。彼の言うことにきちんと耳を傾けたうえで、担当者は指摘した。建設プランの読み方をお間違いになったのではないでしょうか。問題の高速道路は、お宅からは少なくとも百五十メートル離れた所を通るのですよ。なんだ、そうなのか。それじゃ、補償金が下りることはあり得ない。

高速道路は実際に建設された。その道路──惚れぼれするような道路──と彼の家の間には、なるほど百五十メートルの距離があった。

心配した騒音も聞こえるか聞こえない程度だった。低くブーンと唸るような音がやまないのだけれども、微《かす》かな音なので、たちまち慣れてしまった。まあ、この程度なら我慢しよう。あの高速道路のおかげで、職場までの所要時間は前よりいっそう短くなったのだから。

但《ただ》し、油断することなく、彼はもう近所の農家でミルクは買わないことにした。なぜなら、そこの牛たちは今では幹線道路わきの土地で草を食《は》んでいるわけで、誰もが知っているように、そんな土地の草にはたくさんの鉛分が含まれているからだ。

六カ月後、彼の家から五十メートルしか離れていない所に、いくつものガスタンクが設置された。

さらに二カ月経つと、家から八十メートルの距離の所に、家庭ゴミの焼却場が造られた。大型トラックが朝から晩までひっきりなしにやって来る。焼却場の煙突からは、途切れることもなく煙が立ち上る。

一方、都市部では、あの広場への車の乗り入れが禁止され、駐車する車さえなくなった。広場の中央に小公園が造られた。そこには花壇もあれば灌木《かんぼく》の茂みもあり、一休みできるベンチが置かれているばかりか、子供たちのための遊戯エリアまでも確保されている。

街路

子供の頃すでに、彼は街路を散歩するのが好きだった。

さびれていくばかりのその小さな町の通りから通りへと歩き回るのが――。

住んでいたのは、町の中心部に位置する、幅の狭い二階建ての家だった。一階は両親の店になっていて、そこには、程度の差こそあれ古いことには変わりのない、奇妙な道具や物品がぎっしりと、無秩序に並べられていた。

二階に上がると、そこは手狭な住居で、窓が町の中央広場に面していた。中央広場とはいっても、夜も九時頃になると人けのなくなってしまう広場であった。

放課後、彼はまっすぐには帰宅せず、散歩するのが常だった。

いくつかの建物の正面の壁を長々と眺める。ベンチに、あるいは低い石垣に腰を下ろす。

学校の成績が良かったので、両親が彼のそんな習慣を気にかけることはなかった。彼は食事の時刻には必ず帰ってきたし、夜になると、調律の行き届いていない古いピアノを弾いた。そんなピアノが彼の部屋に置かれていたのは、両親がその買い手をついに見つけることができなかったからだ。なにしろ、その町では、ピアノを買えるほど裕福な住民の数は非常に限られていた。そして、ピアノを買えるほど裕福な住民は、どうせなら新しいピアノを買った。

で、彼は毎晩欠かさず、古いピアノを弾いた。

それ以外の時間、彼は町を散歩した。とても小さな町なのに、毎日、それまでに一度も見たことのない、あるいはむしろ、それまでに一度もしっかりと注視したことのない通りを見つけることができた。

初めのうち、彼は自分の家に近い旧市街を歩き回るだけで満足していた。旧《ふる》い家々、城館、曲がりくねる路地があれば充分だった。

十二歳の頃、次第次第に遠くまで出かけるようになった。

ふと立ち止まると、そこはほとんど村落のような風情《ふぜい》の通りだった。大地にめり込むようにして建っている両側の家屋《かおく》に、地面すれすれに開いている窓に、強い印象を受けたのだった。

彼を惹きつけるのはいつも、通りの雰囲気だった。

なんの変哲もない通りが、何ヵ月もの間、彼の注意の的となることがあった。夏の間に見つけたある通りへ、秋になるとふたたび行ってみる。雪の季節にまた来てみたいと思う。立ち並ぶ家々の内部がどういうふうになっているかを見抜こうとする。半開きになっている鎧戸《よろい》の向こうへ、カーテンの引かれていない窓の奥へ、視線をやる。彼は「覗《のぞ》き屋」になっていた。家屋の「覗き屋」である。そこで暮らしている人びとには興味がなかった。興味の対象はもっぱら建物と街路だった。

そう、街路だった！

ほんとうに彼は、街路を眺めるのが好きだった。気に入った通りがあると、まず、朝の陽射しの下《もと》で眺める。午後、日蔭に入ったその通りをふたたび眺める。繰り返し眺める。降りしきる雨の中の街路、立ち込める霧の中の街路、あるいは月の光に照らされる街路。

時折、彼は愁《うれ》えを覚えつつ思ったものだ。人生は一回きりだから、この町のすべての通りを、あらゆる様相の下《もと》で知ることはできないと。この思いにいっそう駆り立てられて、彼はくたくたになるまで歩いた。歩き回るのをやめることはできないという気がしていた。

ところが、ある日、その町を離れなければならなくなった。音楽の勉強をするために首都へと発《た》って行かなければならなくなったのだ。彼は古いピアノを放置し、ヴァイオリンに転じた。先生たちによれば、彼は、無駄にするのは勿体《もったい》ないほどの才能に恵まれていたのだ。

彼は大きな町で三年間、音楽学校に通った。

三年間の悪夢だった。

毎晩、夢を見た。夢ばかり見た。

街路、家々、入口の扉、壁、石畳が脳裡に浮かび、痛恨を覚え、真夜中に朦朧《もうろう》としながらも目を覚ました。ヴァイオリンを調律し、近隣の人びとに迷惑をかけるのではないかと恐れ、演奏を始めてもよいであろう時刻をひたすら待った。

自ら作った曲を教授や他の生徒の前で演奏するにあたって、彼は目を閉じた。彼のヴァイオリンに乗って、故郷の町の街路が次から次へと甦《よみがえ》った。見事な建物に出会ってしばし佇《たたず》み、人の姿の見えない街路の、忘れがたい美しさに打たれて立ち尽くす……。

懐かしい街路への限りなき郷愁と讃美、途方もなく大きな罪の意識、情熱の極みにまで昇りつめる愛。あまりにも頑《かたく》なで、あまりにも具体的な、あの町そのものに密着する愛が、官能的で、肉体的で、ほとんど猥褻《わいせつ》なまでにリアルな愛が、音楽室の空間を満たしていった。

他の場所には安らうことのできない身体が抗《あらが》う。他の場所では歩行することのできない足が抗う。他のものはいっさい何も見たがらない眼が拒絶する。心はあのただ一つの町の街路を取り囲む壁に繋がれ、眼は、あのただ一つの町の家々の正面の壁に固定されている。

彼は自覚していた。もはや永久に、自分はこの常軌を逸した、自然の掟《おきて》に反する愛から治癒することはないだろう、けっしてないだろう！

ふと気がつくと、教授が声を荒らげていた。

「諸君、静かにしたまえ！」

彼は自らの涙にとまどいながら、閉じていた目を見開いた。音楽室の中で何が起こっているのか、彼は知らなかった。何が起こっていようと、彼にとって問題ではなかったのだ。弓を持っている手を下ろした。

「きみたち、いったい何がそんなに可笑《おか》しいのだ？」教授が訊いた。

「すみません、先生」優秀な生徒の一人が言った。「でも、ここまで感傷的だと、ついていけませんよ……」

他の生徒たちも、これでやっと悪夢から解放されたとばかり、どっと笑いどよめいた。

教授は彼を別の教室へ連れていった。

「弾きたまえ」教授が言った。

「無理です。どうして彼らは笑ったのですか？」

「気詰まりなんだろう。あの連中はきみの音楽を、……きみの痛みを、受け止めることができないんだ。恋をしているのかね？」

「分かりません」

「近頃では、芸術においても感情は敬遠されることが多いからね。科学の真似だか何だか、むしろ無味乾燥なのが流行している。ロマンティシズムというか、とにかくそれに類するものはすべて、時代遅れで、嘲笑《ちょうしょう》の的になってしまう。恋愛までもだ。特にきみの年頃には恋愛は当然で、重要なものなのにね。いやもう、明白だ。きみは今、ひとりの女性に恋い焦がれているのにちがいない」

驚きのあまり、彼は声を上げて笑い出し、すぐには笑いやめることができなかった。

「きみには休息が必要だ」と教授は言った。「きみはすでに大した演奏家だ。ここまで来たら、あとは独りで腕を磨いていけるはずだ。もうこの学校にいても意味はないし、家に戻るほうがよかろう。私は、きみに教えられることはすべて教えてしまった。きみはこれから、きみ自身の道を見つけていかなくちゃならん。しかし、まずはいったん休息を取りたまえ」

彼は家に帰った。長期間、身を引いて休息するために。

彼はヴァイオリンをも休ませることにした。時折、調律の行き届かない古いピアノを弾く。子供たちに音楽を教えることで生計を立てる。そんな生活に、彼は何の不満もなかった。生徒から生徒へ、家から家へ、通りから通りへと移動する日々だった。

彼の両親はすでに亡くなっていた。まず父親が逝き、それから母親が逝った。彼はもはや、それがいつのことだったか、よくは憶えていなかった。

彼は相変わらず、暇さえあれば街路を歩いていた。新聞を持ってベンチに腰を下ろすこともあった。けれども、新聞を読むわけではなかった。世界で起こっていることに関心がなかったのだ。町で起こっていることもまた、彼の関心を引かなかった。


ただ単に、彼はそこに腰を下ろしていた。それで幸せだった。

彼の場合、幸福はごく僅《わず》かなことに尽きるのだった。すなわち、町を散歩すること、街路を歩くこと、疲れたら道端に腰を下ろすこと。

眠っているときの夢の中でまで、彼は街路を歩いていた。そして、夢の中では、彼はそれこそほんとうに幸せだった。夢の中では、尽きることのない体力をもって、疲れも知らずにすべての通りを踏破することができたからである。

ある日の夕べ、彼は自分がすっかり年寄りになったと感じた。一瞬のち、戦慄《せんりつ》を覚えつつ思った。たとえばあの家を、たとえばあの通りを、もう一度見るのに充分なだけの時間を自分はもうけっして持ち得ないだろうと。かくして、彼はまた、愁《うれ》えを覚えつつ思った。死後も、自分はまた戻ってこざるを得ないだろう、街路をもっと、もっと歩くために――。

ところが、そのことで彼は非常に困惑した。子供たちが自分のことを恐がるだろうと推測したのだ。どんなことがあっても、自分の生まれ育った町の子供たちを恐がらせるようなことは、彼の望むところではなかった。

彼は死んだ。そして、彼自身が予測したとおり、やはり戻ってきて、長い年月にわたり――いや、永久に――、生前まだ充分には愛していないと思っていた街路に取り憑《つ》かざるを得なかった。

子供たちに関していえば、彼は取り越し苦労をしたのだった。というのは、子供たちの目には、彼はどこにでもいるありきたりの老人の一人にすぎなかったのであり、彼が死んでしまっていようと、まだ生きていようと、子供たちには、まったくどちらでもいいことだった。

運命の輪

ある者のことを、おれはこれまでにまだ一度も殺したいと思ったことがない。

おまえこそがその者だ。

おまえは街を通りから通りへと歩き回ってかまわない。通りで飲んでもいいし、食べてもいい。おれはおまえを殺さない。

恐れなくてよいのだ。街に危険はない。街に存在する唯一の危険、それはこのおれだ。

おれは歩く。街を通りから通りへと歩き回る。そして、殺す。

しかしおまえは、何も心配しなくてよい。

おれがおまえの後を追いかけるのはなぜかというと、おれはおまえの歩行のリズムが好きなのだ。おまえはよろめく。そこに魅力がある。おまえは足をちぐはぐに引きずっているように見える。ひどい猫背であるかのように見える。が、別に障害者というわけではない。ときどき、背筋を真っ直ぐにし、そして真っ直ぐに歩く。

しかしおれが好きなのは、夜更けのおまえだ。おまえが疲れ果てているとき、路面のわずかな凹凸《おうとつ》に躓《つまず》くとき、前かがみになって背中を丸くするとき。

おれはおまえの後を追いかける。おまえは震えている。寒さのゆえか、恐怖のゆえか。気温が上がっていて、暑いくらいだというのに。

かつて一度として、ほとんど一度として、もしかすると一度として、われわれの街でこんなに気温が上がり、暑くなったことはなかった。

では、おまえはいったい何を恐れているのか？

おれを恐れているのか？

おれはおまえの敵ではない。おれはおまえのことが好きなのだ。

他の誰も、おまえに危害を加えることはできまい。

恐れなくてよいのだ。おれがここにいる。おまえを護っている。

とはいえ、おれは苦しんでもいる。

おれの涙――大きな雨粒――が頬《ほお》づたいに流れる。夜の闇がおれを覆う。月光がおれを照らし出す。雲がおれを隠す。風がおれを引き裂く。おれはおまえに対して、愛情のようなものを感じる。おれには、ときに、こういうことが起こる。めったにあることではないのだが。

なぜ、おまえに対してなのか？　それは皆目見当がつかない。

おれはおまえの後を追いかけていきたい。接近はしないけれども、どこへでも、長い間、追いかけていきたい。

おれはおまえがさらにいっそう苦しむのを見たい。

おれはおまえがおれ以外のすべてのものにうんざりすることを望む。

おれはおまえがおれのところへやって来て、捕らえてくれと懇願することを望む。

おれはおまえがおれを欲しがることを望む。おまえがおれと寝たいと思うことを、おれを愛することを、おれを呼ぶことを望む。

そのときが来たら、おれは両腕を広げておまえを抱く。胸に抱き締める。おまえはおれの子供、おれの愛人、おれの恋人となる。

おれはおまえを奪い去っていく。

おまえはかつて生まれることを恐れた。ところが今では、おまえは死ぬことを恐れている。

おまえはあらゆるものを恐れる。

恐れなくてよいのだ。

単に、巨大な輪が回転しているのにすぎない。その輪は〈永遠〉と呼ばれている。

ほかでもないこのおれが、巨大な輪を回転させているのだ。

おまえはおれを恐れるべきではない。

巨大な輪のことも恐れるには及ばない。

恐れるに足る唯一のもの、人に危害を加えることのある唯一のもの、それは死ではない。生だ。第一、おまえはすでに、そのことをよく知っているではないか。

夜盗

ドアをしっかりと閉めておくがいい。私は音もなく、黒手袋をはめて訪れる。私は粗暴なタイプではない。貪婪《どんらん》なばかりの愚か者でもない。もし機会があれば、私のこめかみと手首に、静脈が描くデリケートな模様を嘆賞するがいい。

しかし、私が諸君の寝室に入り込むのは、遅い時刻になってから、最後の客が帰ってから、諸君の家の醜悪なシャンデリアが消えてから、皆が寝静まってからである。ドアをしっかりと閉めておくがいい。私は音もなく、黒手袋をはめて訪れる。

私は訪れても、ほんの僅《わず》かな時間しかとどまらない。けれども毎晩、休むことなく、例外もなくすべての家を訪れる。
私は粗暴なタイプではない。貪婪なばかりの愚か者でもない。
朝、目覚めたなら、手持ちのカネと手持ちの貴金属を勘定したまえ。いっさい何も
欠けてはいないはずだ。
きみの人生の一日を除いては。

母親

彼女の息子は早々《はやばや》と、十八歳のときに家を出ていった。父親が他界してから二、三カ月後のことだった。

彼女は2DKのアパートで暮らし続けた。近所の人たちと、とてもよい関係を保っていた。彼女は掃除や、繕《つくろ》いや、アイロン掛けを引き受けていた。

ある日、息子が玄関のドアをノックした。息子は独りではなかった。若い女の子、かなり綺麗な女の子がいっしょだった。

彼女は若いふたりを、腕を広げて迎え入れた。四年ぶりの、息子との再会だった。

夕食後、息子が言った。

「母さん、よかったら、おれたちふたりともここで暮らすよ」

彼女の心が喜びに弾《はず》んだ。彼女は息子たちに寝室を明け渡した。広いほうの、立派なほうの寝室を。ところが息子たちは、十時頃、外へ出ていった。

〝きっと映画でも観に行ったのだわ〟と彼女は思った。そして、幸せな気分のまま、キッチンのわきの狭い寝室で眠りに落ちた。

彼女はもはや独りではなかった。息子が、ふたたび彼女のそばで暮らし始めたのだった。

朝、彼女は早い時刻から出かける。近所の人たちから頼まれている住まいの掃除や、その他の細かな仕事を、生活の状況が新たな局面を迎えたからといって放棄したくはなかったのである。

お昼には彼女は戻ってきて、息子たちのために、食事らしい食事を拵《こしら》えた。息子は必ず何かを食卓に持ってきた。花、デザート、ワイン、ときにはシャンパン。

見知らぬ男たちが往き来して、彼女は廊下でときどき彼らとすれ違うのであったが、いささかも迷惑に感じることはなかった。

「さあ、さあ、どうぞ、お入りになって」彼女は言ったものだ。「あの子たちは部屋にいますから」

時折、息子が留守で、女ふたりで食事をするとき、彼女の目が、彼女の家に住んでいる娘の悲しげな、打ちひしがれたような目に出会うことがあった。そんなときには、彼女は目を伏せ、パンの身の部分を丸めて指で弄《もてあそ》びながら、口の中でもぐもぐ言うのだった。

「あの子はいい子だわ。性質のいい子」

すると、娘はナプキンを丁寧に折りたたみ——彼女はきちんと育てられたらしく、行儀がよかった——、そしてキッチンから出ていくのだった。

ホームディナー

　金曜の夜、夫が職場から帰宅する。すこぶる上機嫌。

「ねえ、きみ、明日はきみの誕生日だね。パーティをしようよ、友だちを招いてさ。プレゼントのほうは……月末まで待ってほしい。今月、ぼくはちょっとキビシイ状況なんだ。ところで、何を贈ったら喜んでくれるかな？　上品なデザインの腕時計なんか、どうかな？」

「腕時計なら、今も一つ持っていて、とても気に入っているの」

「それじゃ、ドレスは？　オートクチュール風の小粋なアンサンブルとかさ？」

「オートクチュール風ですって！　わたしに要るのはパンタロンと一足のサンダル。

それだけよ」

「そうか、それじゃ、きみの好きなようにすればいい。ぼくはお金だけあげるから、きみが自分で気に入ったものを買えばいい。ただ、月末までは待ってもらうよ。でも、パーティのほうは明日できる。友だちをいっぱい呼ぼう」

「あのね、あなた」と妻は言う。「友だちを大勢招待するパーティって、わたしはむしろ疲れちゃうの。いいレストランで夕食をするほうが嬉しいんだけど」

「レストランじゃ、とんでもない料金を取られる。それに、料理も旨《うま》いとはかぎらない。ぼくは、きみのために、この我が家で夕食会らしい夕食会を催したいんだ。準備は全部、ぼくが引き受ける。買い物も、献立も、招待する友だちへの電話もね。きみはただ美容室へ行って、綺麗にしてもらって、帰ってくればいい。客が来る時刻には準備万端整えておくから。きみはただテーブルにつきさえすれば、それでいいんだ。客に飲み物や料理を出すのもぼくがやる。たまには、そういうのも楽しいじゃないか」

　こうして旦那様はパーティの準備に取りかかる。そういうことをするのが大好きなのだ。土曜の午後ともなれば、会社で勤務する必要はない。彼は買い物をする。五時頃、帰宅。腕いっぱいに包みを抱えて、顔を輝かせている。

「すばらしいパーティになるぞ」彼は妻に言う。「テーブルをセットしてくれるかな。時間の節約になるからね」

髪を結い直し、二十年ほども前に買った黒のドレスを着込んだ彼女が、テーブルをセットする。工夫して、テーブルをとても綺麗に整える。

夫が食堂に入ってくる。

「グラスは、シャンパン用のグラスでなくちゃだめだよ。よし、ぼくが置き替える。その間にきみは暖炉に火をおこしてくれ。ぼくは暖炉で骨付きの背肉をグリルするつもりだからね。とびきり旨いのができるぞ！　そのあとで、ジャガイモの皮を剝いて、サラダ用のソースを作ってくれると有り難いな。うへぇー、サラダ菜に小さい虫が、細かいナメクジみたいのがいっぱい付いてる。なんて気持ち悪いんだ！　これ洗ってくれるかい？　慣れてるだろ、きみは」

暫《しば》しののち、彼は暖炉の前に陣取っている。

「ふむ、炭火はこれで充分だ。ぼくにジンを一杯持ってきてくれないかな……あ、そういえば、ジンに添えるレモンはうちにあったっけ？　いや、ぼくは買わなかったよ。

うちにあると思ってたからね。食前酒のことくらいはきみが考えてくれなくちゃ。いくらぼくでも、すべてはできないよ。うん、〈シェ・マルコ〉はまだ開いてるはずだ。ついでに、アーモンドとクルミも買ってきてくれ。あ、そうだ、オリーブもだ！」

十五分後。

「絶対開いていると思ったんだけどなぁ。きみ、ジャガイモをまだ茹《ゆ》でていないのかい？　ぼくは肉の焼け具合を見ていなくちゃならないからね。あっ、一つ忘れるところだった……。前菜用に小エビを買っておいたんだ。大急ぎだ、クリームとケチャップでソースを作ってくれ。なに、ケチャップがないって？　ああ、まったくもう、この家には必要なものがちゃんとあったためしがない！　今すぐ某《なにがし》さんのところで借りてきたまえ」

奥様はケチャップを求めて、上の階の某さん宅を訪ねる。某さんは、ケチャップなど何でもない、快く貸してくれると言う。ただ、その代わりに、今日一日のうちに溜まった愚痴を、いや、自分の人生一般に関する愚痴をなにがなんでも延々、聴いてもらおうという態度だ。

階下で玄関のベルが鳴っている。招待客が到着した以上、奥様はついに某さんから解放され、一階下の自宅へ戻ることとなる。

友人たちが暖炉を囲んでくつろいでいる。

夫が声をかけてくる。

「おーい、マドレーヌ、そろそろ食前酒《アペリティフ》が出るかな？」

骨付き背肉がようやく焼き上がる。少し焦げたくらいだ。けれども雰囲気は盛り上がっている。皆、たくさん飲む。陽気に笑う。そして、いささかしつこいと思えるほど繰り返してマドレーヌの年齢に言及する。が、なんといっても、今日は彼女の誕生日なのだから、それも当然のことなのかもしれない。招待客たちはまた、この日のパーティを発案し、計画し、準備万端整えた男の手柄を讃える。

「夫たる者の模範だな」

「あなた、ほんとうに恵まれてるわよ。結婚してもう十五年も経つというのに」

「いやぁ、大したものだ。こうでなくちゃいかんね！」

深夜三時頃。ふと気がつくと、辺りが静まりかえっている。

友だち連中は帰ってしまった。夫は客間のソファで鼾《いびき》をかいている。精根尽きたらしい。かわいそうに。

マドレーヌは灰皿の中身を捨て、空き瓶、汚れたグラスを一箇所に集め、割れたガラスの破片も拾い集めて、テーブルの上を整理する。

皿洗いに取りかかる前に、彼女は浴室に行く。そして、浴室の鏡に映る自分をじーっと見つめる。

復讐

彼は右に、左に、視線を向けた。何も見えない。

彼は怯《おび》えている。もしかすると、泣きさえしたかもしれない。本人にもはっきりとは分からない。というのも、雨粒が顔面を打っていたからだ。

上を見上げれば、灰色の空。俯《うつむ》いて下を見れば、泥濘《でいねい》。泥濘こそが、彼には最も親近感のあるものだった。

彼は言った。

「なぜおまえはいなくなったのだ？　おまえのガラスの手は、山間部の小川を流れる澄んだ水のように透明だ。おまえの眼には、沈黙が書き込まれている。そして、おまえの顔には、嫌悪感が」

　翌日、彼は言った。

「おまえの顔は黒い。尖《とが》った笑いをともなう喜び。それでもおれは、白い山に到りたい。線路なき、希望なき列車に乗り込んだ旅人たちが窓から身を乗り出して探す白い山に。行き先のない旅人たち。やがて時が来れば、彼らは警報ベルを合図に首を吊《つ》る。彼らはそこで揺れ動く。私の父もそこにいる。そして車輪の間では、一度も生まれなかったわれわれの子供たちが泣き叫ぶ。百万の星々が子供たちの方へと、道を指し示す」

　三日目、彼は言った。

「打ち負かされた者たちは、ただ殴られるばかりで、やり返すことをしなかった。けれども今や、彼らは攻撃的になっている。夜が来たとき、彼らは河を渡った。ダムの向こう側で決算の時を待つために」

　罪なき者たちまでもが撃ち殺された。

　最後の日、彼は言った。

「おれに訊かないでくれ」髪が風になびいている。「先にやったのは誰かなどと、訊かないでくれ。最後にやったのは誰かとも、訊かないでくれ。おれが知っているのは、最初の一撃があったということに尽きる」

「おれは復讐をする。おまえの仇を取ってやるのだ」

彼は、かつて女性の体だったものの傍らに伏せた。濡れた髪の毛を愛撫した。が、もしかすると、それはただの草だったのかもしれない。

その時、銃弾の飛び交った平原に、百人の男たちが無防備な姿で立ち現れ、言った。

「一体いつになったらわれわれは、死んでいった仲間のために泣くことを、そして復讐することをやめるのか？　いつになったらわれわれは、殺すことを、泣くことをやめるのか？　われわれは生き残りだ。戦うことのできない、殺すことのできない意気地なしだ。われわれは忘れたい。われわれは生きていたい」

泥濘の中の男が動き、武器を構え、男たちを最後の一人にいたるまで撃ち殺した。

ある町のこと

小さくて、静かな町。屋根の低い家々が立ち並んでいて、幅の狭い街路が多い。これといった特殊な美しさがあるわけではまったくなかった。

なぜあの町のことをこんなにたびたび語るのか、自分でも分からない。けれども、もし口を閉ざせば、あの町を取り囲むようにして高く暗く聳《そび》える山々の影に、わたしは息を詰まらせてしまうだろう。

あの町では、黄昏時《たそがれどき》にときどき、空がえも言えぬほどの色合いを帯びるので、人びとがそれぞれの家から出てきて、空の色に名前を与えようと試みる。が、それらの色は実に独特の混ざり合い方をするので、どんな名前もしっくりしない。

わたしはこのことをすでに繰り返し語ってきた。そして家のことも、わたしたちの家のことも語ってきた。けれども、庭の木々のことを言うのを忘れていた。林檎《りんご》の木が何本かあって、そのうちの一本には、初夏には早くも実がなった。もちろんまだ熟してはいなかったのだが、それでも蜂蜜のように甘かった。あの林檎たちは、ほんとうに熟したらどんな味わいだったのだろう？　その味わいを、わたしは一度も知ることがなかった。毎年、熟するのを待ちきれずに、兄と弟とわたしが食べてしまったからだ。

その結果、わたしには熟した林檎の想い出がない。けれども、年端《としは》のいかない子供がそんなことを予見できたはずがない。

夜更け。あの町では、夜の闇は微動だにしなかった。窓のカーテンが微《かす》かに揺れることさえなかった。沈黙が路上でコツコツと足音を立てていた。わたしたちは怯《おび》えていた。なぜなら、山々には必ず黒い影のような恐ろしい男が隠れていて、その男が町に向かって歩いてくるからだった。ドアを閉めて厳重に鍵をかけておいても、そのドアをノックしにやって来るからだった。

陽が昇る前に、わたしはすべてを語らなければならない。

あの川のことを、黒っぽい色の滑車が付いていたあのたくさんの井戸のことを、伸びのびできる季節だった陽気な夏のことを、わたしたちの顔の上に射し込んでわたしたちを目覚めさせた午前五時の陽射しのことを、教会の庭のことを。秋の到来に気づくのは毎年、教会の庭にいて、紅くなった木々の葉が突然頭上から落下してくるのに出会い、はっとするときだった。まだ美しい夏の最中《さなか》だと思っているのに、そんなことが起こるのだった。

それからは、どこにこれだけの葉っぱがあったのかと思うくらい、紅葉が絶え間もなく、ほんとうに絶え間もなく舞い落ちた。地面の上に落ち葉がどんどん積もって、分厚い層を成し、わたしたちは裸足でその上を歩いた。落ち葉にはまだ温かみがあった。わたしたちははしゃいだ。時の予感に怯《おび》えながら、それがまた楽しくて、笑い転げていた。

製品の売れ行き

B氏の帰宅はいつも遅かった。とはいえ、家族揃っての夕食に間に合わないほどには遅くなかった。それに彼はふだんから、必ず自分の帰宅を待つようにと、皆に言いつけていた。なにしろ、B氏は家族を、とりわけ子供たちを愛していたのだ。その子供たちだが、夕食が遅い時刻になると、食事の最中にうとうとする傾向があった。彼らはほとんど食が進まず、変に興奮するか、泣き言を言うかだった。

B氏は、自分が疲れたなと感じたときには、子供たちを一刻も早く寝かせてしまってくれと妻に頼んだ。で、子供たちが寝室へ行ってしまうと、彼はテレビをつけ、いつも坐る肘掛け椅子に坐ったまま眠りに落ち、軽い鼾《いびき》をかくのだった。それでいて、元気の残っている日には、彼はトランプかドミノの勝負、もしくは社会ゲームをやらないかと言って、子供たちを誘った。

彼の妻は、きみも一緒にやらないかと夫がせっかく声をかけても、たいてい断って居間の隅の方に引っ込み、黙々と本を読んだ。

B氏はずっと前から、妻に関しては匙《さじ》を投げていた。だから、家族の絆《きずな》を強くすることにつながる、ああした教育的なゲームに妻が参加しなくても、特に何も言わなかった。どうせ彼女には、家族というものが分かっていないし、教育の何たるかも分かっていない……。しかし、彼女はなんといっても彼の子供たちの母親ではあったので、B氏は妻の欠点に目をつむっていた。少々のわだかまりと苦々しい気分が残るのは打ち消しがたかったけれども。

最近、B氏の帰宅時刻がだんだん遅くなっている。これには理由がある。大事な、大事な製品の売れ行きが芳《かんば》しくないのである。ところが、B氏は営業部長なのである。そして、営業部長が担わなければならない責任たるや、かつて一度も営業部長を務めたことのない者には絶対に想像もつかないほど大きく、重いのである。我が社の製品の売れ行きを伸ばさなければならない。なにがなんでも。

真面目なサラリーマンであるB氏は、自社製品を売るために全力を尽くす。不都合なのは、サラリーマンとしてのこの日々の闘いが、できれば家族のために割きたいと思っている時間をどんどん侵食していってしまうことだ。

彼が帰宅するのは、家族が夕食を済ませてから数時間ものちのことである。子供たちはすでに寝ているし、妻は居間の隅の方で本を読んでいて、顔を上げもしない。B氏は夕食の残り物を食べる。自分で温め直すのである。そして寝室のある二階へ上がる。疲労困憊《こんぱい》した身体を引きずって。

追い打ちをかけるように、製品の売れ行きは下降線を辿《たど》るばかりだ。B氏の超人的な努力にもかかわらず。

ある日の夜中、彼は何かに胸を圧迫されて目を覚ました。妻と話したいという気持ちに駆られる。妻の部屋に行ってみるが、そこはもぬけの殻だ。クロゼットも空っぽ、引き出しも同じ。これはいったい？　今度は子供部屋のドアを開ける。誰もいない。がらんとした空間があるばかりだ。

「きっと学校が長期休暇に入って、皆でどこかへ出かけたんだろう」と彼は思った。「前から決まっていたのにちがいない。ぼくには聞いた憶えがないが……。いくらぼくでも、何もかもに気を配っているわけにはいかないからな」

翌日、会社で、上司が彼に言った。もう出勤してくるには及ばない。つまり、解雇である。B氏に任せていては我が社の製品が売れない。すでに、別人が営業部長に就任した。

B氏は帰宅し、学校の長期休暇が終わるのを待つことにした。窓から空を見上げ、雲が流れいくのを眺める。いたるところに埃《ほこり》がたまっていく。流しの中で、汚れた食器が重なっていく。B氏は待っている。いったいどうして学校の休みはこんなに長いのだろうかと、首を傾《かし》げながら。

私は思う

今では、私にはほとんど希望が残っていない。以前、私は探し求めていた。片時も同じ所にはいなかった。何かを期待していた。何かとは？　それはいっさい分からなかった。けれども私は、人生がこんなもの、つまり無同然のものでしかないなどということは、あり得ないと思っていた。人生は何かであるはずだった。で、私はその何かが起こるのを期待していた。その何かを探し求めてさえいた。

私は今、期待すべきものなど何もないと思う。それで、自分の部屋から外へ出ず、椅子に腰を下ろしている。何もしないでいる。

外に出れば、そこにはひとつの人生があると思うが、その人生には何も起こらない。

私にとっては何も起こらない。

他の人びとにとっては、もしかすると、いろいろなことが起こっているのかもしれない。あり得ることだ。けれども、それはもはや私の関心を惹かない。

私はここにいる。椅子に腰を下ろして、自分の家にいる。少しばかり夢想に耽《ふけ》っているが、本当に夢想に耽っているわけではない。私に何を夢想することができようか？　私はここに坐っている。ただ単に坐っている。心地がよいと言うことはできない。私がここにいるのは、そんなことのためではない。自分の充足感のためではない。むしろ正反対だ。

私は、自分がここに坐ってじっとしているのはちっともよいことではないと思っているし、あとで一度は必然的に立ち上がらねばならないということをも知っている。ここに坐って、何時間だか、何日だか、とにかくずっと前からこうしていることに、私は軽い居心地の悪ささえ感じる。しかし、立ち上がって何かをしようとする動機が一つも見つからない。自分がしてもいいこと、自分にできるであろうことが、私には思い浮かばない。まるっきり思い浮かばない。

もちろん、私は少し整理整頓をするとか、少し拭き掃除をするとか、してもいいだろう。

私の家の中はかなり汚い、だらしない状態だ。私は少なくとも、立ち上がって窓を開けるべきだろう。この室内は煙草の臭い、食べ物の腐った臭い、籠《こ》もった空気の臭いがする。

ところが、そんなありさまも、私には極度に不快だというわけではない。少しは不快なのだが、立ち上がる気になるほどではない。私はこの臭いに慣れている。この臭いを感じない。私はただ、もし誰かが入ってくれば……と思う。しかし、その〝誰か〟は存在しない。誰も入ってこない。

それでもやはり何かをするために、私は新聞を読み始める。しばらく前から……そう、私がそれを買って持ちかえった時からずーっとテーブルの上にある新聞だ。

それを手に取ることはめんどうだから、もちろんしない。私は新聞をその場に、テーブルの上に置いたままにして、遠くから読むが、何ひとつ頭に入らない。目に入るものといえば、死んでそこに落ちている何匹かの黒い蠅ばかりである。そこで、努力するのをやめる。

いずれにせよ、私は知っている。その新聞の別の頁《ページ》では、ひとりの若い男、といっても若すぎない、ちょうど私くらいの年格好の男が、埋め込み式の丸い浴槽の中で同じ新聞を読んでいる。彼は告知欄を、株式市場相場を、とてもリラックスして眺め、高級な銘柄のウィスキーを手の届く所、浴槽の縁に置いている、彼はいかにも美しくて、生き生きとしていて、頭脳明晰で、何にでも通じている様子だ。

そのイメージのことを考えると、私は立ち上がらざるを得ない。で、埋め込み式でなく、台所の壁に芸もなく吊《つ》り下げられているだけの流しのところへ行って嘔吐《おうと》する。すると、私の口から吐き出されるすべてのものが、そのいまいましい流しを詰まらせる。

そのたくさんの汚物を見て、私はひどく驚いている。分量が、この二十四時間の間に食べることのできたものの二倍もあるように思える。そのおぞましいものをじっと眺めていて、私は新たな吐き気に襲われる。慌てて台所から飛び出す。

私は忘れるために外の通りに出る。皆がしているように散歩する。だが、街には何もありはしない。ただ人びとがいて、商店が並んでいる、それだけだ。

家に帰りたいという気がしない。詰まってしまった流しのせいだ。私は歩きたくもない。というわけで、歩道に立ち止まり、デパートに背を向けて、人びとが出たり入ったりするのを眺める。そして思う。出てくる人びとは中にとどまっていればいいし、入っていく人びとは外にとどまっていればいい、そうすれば運動も疲労も相当節約できるだろうに。

これは彼らに与えるべきよき忠告だと思うけれど、彼らは耳を傾けはしまい。したがって、私は何も言わない。動かない。ここ、入口にいると寒さすら感じない。ドアが常に開け放たれているので、店の中から出てくる暖かさに恵まれる。こうして私は、先程、自分の部屋で椅子に腰かけていた時とほとんど同じくらい楽な気分になる。

わたしの父

あなたがたの会ったことのない人です。

その人は死にました。

その人が死んだために、わたしは去年、十二月の初めに、生まれ故郷の国——これまたあなたがたの知らない国ですね——へ発《た》ったのです。首都まで鉄道で二十四時間、兄弟の家で一泊、そしてふたたび列車に乗って十二時間。移動時間だけで計三十六時間に及ぶ旅を経て、あの大きな産業都市に到着しました。その都市に、人びとは、死んだわたしの父を閉じ込めようとしていました。白い磁器の骨壺を、コンクリートに穿《うが》たれた小さな穴に入れるというのでした。

三十六時間に及ぶ鉄道の旅の間には、人けのない寒々とした駅で待機したり、停止したりすることがありました。同じ列車に乗り合わせた人びとは、父親を喪《うしな》っていないか、あるいは、喪ったのがずいぶん以前のことなので、もはやそのことを考えなくなっていました。わたしは、父を喪ったことを考えていましたが、そのことを事実とは信じていませんでした。

わたしは同じ旅程をすでに幾度も辿《たど》ったことがありました。当時は父がまだ生きていました。旅程の終わる地点、あの産業都市の郊外で、父がわたしを待っていてくれました。父はあの町には僅《わず》かな想い出しか持っていず、あの町に対してはほとんど愛着がありませんでした。あの町で、父は一度もわたしと手をつないで散歩をしたことがなかったのです。

葬儀の日は、今にも小雨の降り出しそうな天候でした。かなり多数の参列者が集《つど》いました。花輪、歌。黒衣の男性たちが構成する合唱隊。司祭抜きの、社会主義スタイルの葬儀でした。

わたしは白い骨壺のそばにカーネーションの花束を置きました。骨壺はとても小さくて、あの中に父がいるなんて、信じることができませんでした。わたしがまだ父の娘であった頃、父の子供であった頃、父はあんなにも大きかったのですから。

磁器の骨壺、あれはわたしの父ではありませんでした。

わたしはそれでも、人びとが骨壺をコンクリートの中に納めた時、泣きました。レコードがかけられ、国歌が流れていました。神よ、過去においてあれほどまでに苦しみ、未来においてもなお苦しまねばならないであろうこの国と、この国の人民を祝福したまえ、というような意味の国歌でした。

男性合唱隊は同じ歌を繰り返して歌い続けなければなりませんでした。というのも、骨壺を納める係の人たちの手際が悪く、穴の蓋《ふた》にあたる板がうまく閉まらないのでした。骨壺が、わたしの父が、コンクリートの穴の中に入るのを嫌がっているように見えました。

後日わたしが知ったところによれば、父は生前、生まれ故郷の村に帰って、コンクリートの中に入れられるのではなく、土の中に埋められることを望んでいたのです。ところが、胃癌に冒され、病因を知らぬまま苦しみ、痛みを和らげるものといえばモルヒネの注射しかなく、消えていく小さな炎さながらに衰えて瀕死の状態にあった父を、まわりの者たちが、わたしの母と兄弟が、今いるこの町の墓地に落ち着いたほうがよいと言って、説き伏せたのでした。あのおぞましい産業都市を、父はけっして愛していなかったのに。あの町で、父は一度もわたしと手をつないで散歩をしたことがなかったのに。

葬儀の終わりに、わたしは大勢の人に挨拶《あいさつ》しなければなりませんでした。わたしにとっては見知らぬ人ばかりなのに、その人たちの側《がわ》では、わたしのことを知っていました。女の人たちはわたしを抱擁《ほうよう》しました。

そして、ついに式が終わりました。寒さに凍えたわたしたちは、やっと両親の家に——つまり母の家に——戻りました。それから、一種のレセプションでした。皆と同じように、わたしも食べました。飲みました。わたしは長旅に、儀式に、招待客たちに、すべてに疲れていました。

ふと思いついて、父が独りになりたいときに使っていた小さな部屋へ行ってみました。その部屋で読書をしたり、外国語を学んだり、日記を書いたりするのが、父の習慣だったのです。

父はそこにいませんでした。庭に目をやっても、父はやはりそこにいません。もしかすると、とわたしは思いました。あれだけの数の人がうちにやって来たので、パパは買い出しに行ったのかもしれない……。父はしばしば買い出しを引き受けていました。それが好きだったのです。

わたしは父を待っていました。もう一度父に会いたかったのです。というのも、じきに帰らなければならなかったから、つまり、今この文章を書いているこの場所へ帰ってこなければならなかったからです。わたしはワインをたくさん飲みました。が、相変わらず、父はそこにいませんでした。

「いったいどこへ行っちゃったのかしら、パパは」――我慢しきれなくなったわたしが言いました。すると、人びとが振り向いて、わたしを見ました。

兄弟がわたしを彼らの家に連れて帰り、寝かせました。翌日、わたしは帰路につきました。ふたたび、列車で二十四時間、いや三十六時間の旅でした。

旅の途中、計画を思いつきました。

しばらくしたら、わたしはきっとあの町へ舞い戻るだろう。コンクリートの蓋の封印を破り、骨壺を盗み、父の生まれた村を訪れて、川のほとりの黒々とした土の中に骨壺を埋めるだろう。

父の生まれ故郷は、たしかに、わたしのよく知らない地方です。一度も行ったことがないのですから。けれども、いったん盗み出した骨壺を、いったい他の何処《どこ》に埋葬すればよいのでしょう？

この世の何処にも、父がわたしと手をつないで散歩をした場所はありません。

マティアス、きみは何処《どこ》にいるのか？

サンドールは玩具箱を開けて遊んでいた。しかし誰もやって来なかった。

おやつの時刻になって、彼はこうしていても無駄だと思った。雄鶏たちが庭で鳴いていた。が、その声も、執拗《しつよう》な夢に対してはまったく抗《あらが》うことができなかった。彼の判断が正しいのだった。まだ早すぎるのだ。雄鶏たちはいつだって、声を上げるのが早すぎる。

他には、外には、何も存在していなかった。

鳴き声と、星々と。ただそれだけだった。

しかも、それらだって、平手打ちのように蒼《あお》ざめていた。サンドールは頬に手を当てる。こんなことならいっそ、虐待される子供であるほうがよかった……。しかし彼は虐待されたことなどなかった。父親は一度として彼を殴りはしなかった。他にすることがあったからだ。サンドールは所在なさを感じていた。不意に、玩具なんかうんざりだと思った。平手打ちを喰らいたかった。泣き叫ぶために。騒ぎ回るために。彼はいきなり父親を罵《ののし》り始めた。しかし、父親はいっこうに腹を立てなかった。少しも怒らないのだった。他にすることがあるとき、人は怒ってなどいられない。

サンドールは頑張って目を覚まそうとした。彼の夢はつまらなかった。悪夢ですらなかった。まるで無人島のような夢だった。ほんとうに人っ子ひとりいず、何もすることのない島。

目覚まし時計が鳴った。

サンドールはベッドで上体を起こした。あくびをした。

そして突然、母親が死んだことを思い出した。

彼は中庭に出た。あの雄鶏たちがいる。玩具箱もある。確かめたかったすべてのものがある。

草、小鳥、太陽。

これが、あの未知の場所での彼の最初の一日だった。

少年たちのうちの一人がサンドールを迎えに来た。サンドールはその子に会いたくなかった。しかし、話しかけられると、彼は目を上げないわけにいかなかった。その子が口にしたのは、ほんのひと言だったのだが。

「お出でよ」

サンドールは目を瞠《みは》る。少年は美しかった。少年が微笑んだ。

「ぼくのこと、美しいと思うでしょう。誰もがそう感じるんだ。ぼくにはどうだっていいことだけどね。今では、前みたいに迷惑だとは思わない。慣れてしまったから」

「きみが好きだ」サンドールが言った。

「そんなこと、分かってるよ」少年が答えた。「ぼくはあなたの息子になる、あとでね。でも、まず、ぼくは死ななくちゃならない」

「そうだね」サンドールは言った。「続けて話してくれ」

「ぼくがいちばん愛しているのは、ぼくの兄だよ」少年が続ける。「兄はぼくにとって、他のすべての人を合わせたよりも、ぼく自身よりも、大切なんだ」

「どうして？」サンドールが訊ねた。

「さあね。そのうちあなたの目の前に兄が現れる。そしたら、どうしてぼくが兄を愛しているか分かるよ」

「続けてくれ」サンドールは言った。

「食べに来なくちゃだめだよ」少年が言った。

「腹は減っていない」

「食べなかったら、蒼白くなって、病気になって、皆が悲しむよ」

「きみも悲しんでくれるか？」サンドールが訊ねた。

「いや、ぼくは悲しまない。ぼくは悲しい気分になれないんだ。悲しいことがあっても、いつもすぐまた別のことで気分が晴れてしまうから」

「じきに食べるよ」とサンドールは言った。「もしかしたら明日、いや今晩にも」

少年は灰色の大きな眼で彼を見つめている。

「もっと話してくれ」サンドールは言った。

「いや、話さなくちゃいけないのはあなたのほうだよ。ぼくには言うべきことなんて何もない。ぼくにとって人生は美しく、そして単純なんだから」

「美しいって？」サンドールは言った。

「うん、そして単純」と少年が言った。

「きみが人生の何を知っているっていうんだ？」サンドールが叫んだ。急に怒りがこみ上げてきたのだ。「もう向こうへ行ってくれ！」

少年は立ち上がった。

「ほんとうに行っていいの？」

「いや、行かないでくれ。いいんだ、どっちみち、もう遅いから」

「この木を見たまえ」サンドールが言った。

「枯れ木だね」と少年。「他の木も葉が落ちているけど、この木は死んでしまっている」

「これはぼくの母親だ」サンドールが言った。「彼女は今では土の中で、こんな姿になっている。この木の枝のような、むき出しの骨。黒くなった骨」

「何を言うんだい、サンドール？ あなたのお母さんはまだ死んじゃいない」

「死んでしまったとも。もうずいぶん前にね。彼女はもはや、土に埋まっている一山の骨でしかない。ぼくの父親が殺したんだ」

「そんなことは全部嘘だ」少年が言った。「そんなでたらめを言うなんて、情けないと思うよ、サンドール」

「そう思ってもいいさ。きみならね。きみだけはぼくのことを嘆いても構わない。ぼくにはきみの優しさが必要なんだ」

「あなたの心に安らぎが生まれるといいと思うけれど、サンドール、ついにそういうことはなさそうだね」

「いや、あるよ。目の前にきみがいてくれれば。きみが話しかけてくれれば」

「ぼくはそのうちいなくなる」と少年は言った。「でも、忘れないで。ぼくがいなくなっても、あなたにはぼくの兄、マティアスがいる。マティアスを愛せばいい」

「彼のほうは、ぼくを愛すだろうか？」

「兄にはあなたしかいなくなる」

「ぼくは、マティアスなんか嫌いだ。憎いと思う」

「そんな気持ちは変わるよ」少年は確信ありげに言った。「あなたは兄を愛すにちがいない」

少年は死んだ。

サンドールは庭の草の上に横たわっている。

「これから、酷な人生が続いていく」と彼は思う。「ぼくにはもう何も残っていない」

妹が来た。

「来て、サンドール。母さんと森へ行くのよ」

「分からないのかい？　ぼくは彼を愛した。その彼が逝《い》ってしまったんだ」

「それ、誰のこと？」木苺を入れるための籠《かご》を揺らしながら、妹は訊ねた。

「行っちまえ」サンドールは言う。

「いいわよ、行くわよ」妹は言う。「でも、その前に、誰のことを言っているのか教えてちょうだいよ」

「おまえの知らない人だ。行っちまえ！」

「呆《あき》れた。どうかしてるわ。母さんとふたりで行くからいいもん」

彼女は立ち去る。

「母さんだと？」サンドールは思う。「枯れ木じゃないか」

彼は家の中へ入っていった。

マティアスがそこにいた。取り乱してなどいない。黒の上下を着ている。人びとが帰っていく。

サンドールとマティアスだけが広い台所兼食堂に残った。

サンドールは眠りに落ちた。

時間が経って、はっと目覚めると、彼は中庭に飛び出した。マティアスがいた。泥の中に倒れている。

「歩けるか？」彼は声をかけた。

「ここに放っておいてくれ」マティアスは言った。「明日になれば、すべてうまくいくさ」


空は曇っていた。が、もう雨は降っていなかった。

「眠ること、つねに、つねに眠ること」とサンドールは思う。

しかし、彼はベッドから降りた。

「マティアス！　何処にいるんだ？」

マティアスは台所にいた。卵を茹《ゆ》でているところだった。

「食べるか？」サンドールは訊ねた。

「うむ」マティアスが答えた。「食べよう」

二人のうちのいずれも、少年のことは語らなかった。

以来けっして、彼らは少年のことを語らなかった。

毎朝、サンドールは悪夢にうなされて目覚める。それから、マティアスのことを考える。

「あいつがいる。この家のどこかに」


ある夕べ、彼らは顔を見合わせることなく、黙々と、いつものように食事をした。

サンドールは体の芯にまで疲れを感じていた。マティアスが向かい側に腰かけ、身じろぎもせず、存在感もなく、虚ろな目で空《から》の皿を見ていた。

「この男はぼくが話しかけるのを待っているのかもしれないな」サンドールはそう思った。そして、台所から出ていった。

外は寒い。分厚い雲が、どぎつい橙《だいだい》色の月のこちら側を通り過ぎていく。サンドールは、今夜自分はあまりに疲れ過ぎていて、うまく寝つけないのではないかという気がする。彼は自分の寝室に戻るのが、ベッドに入るのが怖かった。そして何よりも、翌朝目覚めるのが怖かった。

「怖いんだ」すぐそばで声がする。

あの少年の兄がそこにいた。壁に凭《もた》れて、おそらくはずいぶん前から。

「ぼくは寝に行く」サンドールは言った。

「だめだ。まだ寝ないでくれ。頼むから！　ぼくと一緒にいてくれ」

「どうしてだよ？」反感に満ちた声で、サンドールは問うた。

相手はすでに彼の腕を摑《つか》んでいた。

「来てくれ！」

非常に強い力で摑まえられ、サンドールは到底逃れることができなかった。

マティアスは、サンドールを家の裏まで強引に連れて行った。

「ぼくの名はマティアスだ」地下の貯蔵庫へ通じるドアを開けながら、彼は言った。

「知ってるさ」サンドールが応じた。「よく知ってる」

「もうそろ、ちゃんと知り合いになろうじゃないか」マティアスはグラスに赤ワインを注いだ。「一杯どうだ？」

「ぼくはまだ十三歳なんだ」サンドールは言った。蔑《さげす》むような目つきになっている。

「ぼくも十三だよ」相手はそう言いながら、ワインをぐいと飲んだ。

「憎たらしいやつだ」とサンドールは思った。「こいつはぼくの二倍の力がある。見上げなきゃならないほど背が高い。ああ、こいつが憎い！」

「心配しなくていい」マティアスが言った。「きみに酒を教えようなんて思っていないから。ぼく自身、たびたび飲むわけじゃない」

サンドールは聞いていなかった。相手の顔を観察していた。マティアスは肌が白く、その黒々とした深い眼差しは地面に釘付けになっていた。ようやくサンドールは気づいた。マティアスは彼の弟——サンドールがこの子に愛されたいと切に願ったあの少年——にも劣らないほど美しい。

「酒をくれ」

マティアスは俯《うつむ》いたまま、サンドールにグラスを差し出した。

「マティアス」と、しばらくしてサンドールが言った。「もうきみしか、愛す相手がいない」

マティアスが目を上げてサンドールを見た。

「ぼくは愛す相手ではないよ」

ふたりはさらに飲んだ。

マティアスが眠っている。腕を左右に投げ出し、後ろにある樽《たる》の上に頭を反り返らせて。

サンドールは微笑んだ。

強い寒気が空から舞い降りてくる。

「泣くこともできやしない」と彼は思った。

夜明け前、マティアスがサンドールを抱き起こした。

「寝に行きたまえ、サンドール。じきに朝になってしまう」

「父親が戻ってくるんだ、マティアス」

「殺せばいい」マティアスが言った。

「ぼくにはできない」とサンドールが言った。「ぼくが出ていく」

「ぼくを置いて行くのか」

「そうだ。だが、出発前にやらなきゃならないことがある。自分の家をもう一度見に行くんだ。ついて来てもいいぞ」

「オーケー」マティアスが言った。「ぼくは火が好きだ」

「おまえ、どうして分かるんだ?」サンドールが問うた。

「行こう」とだけ、マティアスは言った。

ふたりは、日が暮れた頃に到着した。サンドールはガソリンの缶を用意してきていた。壁に、地下倉庫に、階段に、ガソリンを撒《ま》く。マティアスは庭にいて、サンドールの動きを眺めている。サンドールが近づいてきた。

「マッチを忘れた」

「持ってるよ」マティアスが言った。

ふたりは丘に登った。壮観だった。

「ぼくは火が好きだ」マティアスが言った。

「ぼくは自分の家が好きだ」サンドールが言った。

それから、しばらくして、

「幸せな気分だ。そろそろ、支度をするよ」

「どこへ行くつもりだ？」マティアスが訊ねた。

「地雷原を渡る」

「死ぬかもしれないぞ」

「それもまた出発だろう」

「ここにとどまることもできるじゃないか」とマティアス。「赦《ゆる》す器量はないのか？」

「ないよ、マティアス。ぼくは出ていく」

「ぼくを置き去りにして？」

「ぼくがいなくても、おまえは恋しがりはしないだろう」

「しかし、ぼくがいなければ、おまえは淋しいだろう」とマティアスは言った。「そしていつか、おまえは舞い戻ってくる」

サンドールは舞い戻ってきた。

マティアスの家に行ってみたが、誰もいなかった。庭にも人はいない。彼は川へ行った。マティアスがそこにいた。釣り糸を垂らしている。サンドールは彼の横に腰を下ろす。

「たくさん釣れるかい？」

「全然だめだ」マティアスが言った。「もうずっと前から、ここには魚が一匹もいない」

「それなのに釣りをしているのか？」

「おまえを待っていたんだ」

ふたりは立ち上がり、村の方へ向かった。

「おまえの父親は死んだ」マティアスが言った。「母親もだ」

サンドールは一軒の家の前で立ち止まった。

「そうさ、おまえの住んでいた家だ」マティアスが言った。「憶えていたんだね」

「でも、以前はこの家、こんな所にはなかった。もう一つの町《ヴィル》にあったんだ」

「いや、もう一つの世界《ヴィ》にあったのさ」マティアスが訂正した。「今では、この家はここにあるんだ。しかも、もぬけの殻だ」

ふたりはマティアスの家に着いた。二人の幼児が、閉まっているドアの前の石段に腰かけている。

「ぼくの息子たちだ。この子たちの母親は出ていってしまった」

彼らは全員、広い台所に入った。マティアスが夕食の用意をした。子供たちが、俯いたまま、無言で食べる。

「幸せだな、おまえの息子たち」サンドールが言った。

「うむ、非常に幸せだ」マティアスが言った。「彼らを寝かせてくる」

しばらくのち、ふたりは地下の貯蔵庫に降りた。

「樽は空っぽだ」とマティアス。「しかし、プラム酒が一本ある」

彼らは飲んだ。

「明日には、おまえ、あの家に行って住めるぞ」マティアスが言った。

「もうその気はない」サンドールが言った。「それより、おまえの子供たちと遊ぶことにする」

「あの子たちはけっして遊ばないよ」マティアスが言った。

しばらくのち、サンドールが言った。

「ぼくにもね、以前は息子が一人いた」

「死んだのかい?」

「いや、成長したんだ」

「当然だな」マティアスが言った。「その子も人生を渡っていかなくちゃならん」

「人生を、だって? なぜだい? ぼくは人生を渡ってきた。ところが何も見つけられなかった」

「見つけるべきものなんて何もないのさ」マティアスが答えた。「まったく何もない」

「おまえがいるよ、マティアス。ぼくが帰ってきたのは、おまえのためなんだ」

「ぼくはね、おまえもよく知っているはずじゃないか、ぼくはひとつの夢にすぎないんだよ。このことは納得しなくちゃいけない。どこにも、何も、ありはしないんだ」

「神は？」サンドールが問うた。

マティアスはもはや答えない。

「愛は？　ぼくは一度愛したことがあるよ、マティアス。ひとりの女を愛したんだ」

マティアスはもはや答えない。

サンドールは中庭へ出た。強い寒気が空から舞い降りてくる。

「マティアス、きみは何処にいるのか？　きみと別れて、私はすべてを失った。私はきみから離れて、やってはみた。賭けた。盗んだ。殺した。愛した。だが、それらすべてに意味がなかった。きみがいない以上、賭けには面白みがなく、革命には華々しさがなく、愛も味気なかった。二十年の間、私はひとつの灰色の不在でしかなかった」

「ああ、マティアス、きみは何処にいるのか？」

空を見上げると、星々が無限の孤独の彼方《かなた》で輝いていた。

太陽がもう一度昇った。

サンドールは自分の家で、ベッドに寝ていた。

マティアスが彼の手を握っていた。

「おまえ、ひどい病気に罹《かか》っていたんだぞ、サンドール。でも、もう大丈夫だ」

「そのようだな」サンドールが言った。「悪夢にうなされてしまった」

「ほら、耳を澄ませてみろ」マティアスが言った。

サンドールは目を閉じた。外で父親が薪《まき》を割っている。母親が台所で歌っている。

寝室に、蔭と光と平和が満ちている。

「明日、ぼくらは釣りに行くんだ」マティアスが言った。

「うん、明日ね。しかし、ぼくは今、眠いよ。柱時計を止めてくれなくちゃ、マティアス。うるさくてたまらない」

マティアスは理解した。彼は人に安らぎを与えるような大きな手を拡げて、兄弟の心臓の上にそっと置いた。

訳者あとがき

アゴタ・クリストフは言葉に色を着けない。文章の中でも、生《なま》の会話のときも、彼女の言葉は徹頭徹尾、モノクロームだ。おしなべて人間、とりわけ物書きなどという種族の発する言葉には、必ずといってよいほど自己陶酔か自己憐憫が忍び込んでいて、「サービス精神」などと称する「受け」狙いの誇張や粉飾、仄《ほの》めかしや目配せが仕込まれているものだが、A・クリストフに限っては、それがまったくない。物語の造りにおいては大嘘をつく彼女だが、彼女の吐く言葉はどれをとっても、いっさい「着色」されていない。身構えもけれん味もない正直な言葉ばかりなのだ。

二〇〇五年の初め、本書がその完訳にあたるところの原典、KRISTOF (Agota) : *C'est égal*, Paris, Ed. Du Seuil, 2005. が刊行された直後、ヨーロッパのある新聞にA・クリストフのインタビューが掲載された。その中に少なくとも一つ、日本の読者の関心も惹くであろうくだりがある。「『悪童日記』三部作の成功はあなたにとってどんな体験でしたか?」という問いに、A・クリストフは、「初めはとても嬉しかったのです。でも、その後、もうたくさんだという気になりました」と応じ、さらに、「最初にお出しになった本があまりに成功した結果、新たな物語を書きづらくなるということが時にあったのでは？」と訊かれると、「ええ、そのとおりです。なにしろ、これよりいいものは自分には書けない、何か書いても、これよりは劣るものになってしまう、と思ってしまうので。そもそも私は、最後に発表した小説『昨日』はそれに先立つ三作に劣ると思っています」と答えているのである。

実際、『悪童日記』『ふたりの証拠』『第三の嘘』（いずれも邦訳は早川書房、epi文庫）に比肩する作品を創るのは至難の業にちがいない。一九九五年の『昨日』（邦訳は同右）以来、A・クリストフがあたかも――そして奇しくも『昨日』の主人公同様に――筆を折ったかのような状況にあるのは、結局そこのところの困難に理由があるのだろう。加えて、一九三五年生まれの作家の年齢と、椎間板ヘルニア等による体調不全を考慮すれば、この先、A・クリストフの新作長篇小説が出る可能性は、残念ながらきわめて少ないと考えざるを得ない。拙訳『文盲――アゴタ・クリストフ自伝――』（白水社、二〇〇六年）の「訳者あとがき」に書いておいたように、A・クリストフにはここ十年来温めている小説のテーマがあるのだけれども……。

待望の新作小説が無理なら、たとえ過去のものでもよいから、未読のクリストフ作品を読みたいというファンが少なくないと思う。むろん私もその一人であって、二〇〇四年八月に『文盲』の原典がスイスのゾエ社から出た折、二〇〇五年一月に本書『どちらでもいい』の原典がフランスのスイユ社から出た折、そして、ゾエ社がクリストフの習作短篇一点と戯曲一篇を掘り出して同年十月にKRISTOF (Agota) : *Où es-tu Mathias? suivi de Line, le temps*, Carouge-Genève, Zoé, 2005.（『「マティアス、きみは何処《どこ》にいるのか？」および「リーヌ、あるいは時間」』）という小さな冊子を上梓したことを、数ヵ月経ってから知った折にも、私は飛びつくようにしてそれぞれの本を通読した。

『文盲』はもともと一九八九〜九〇年にドイツ語に訳されてチューリッヒの文化誌に連載されていたテクストだし、『どちらでもいい』はといえば、一九七〇年代から一九九〇年代前半頃までのA・クリストフのノートや書き付けの中に埋もれていた習作のたぐいを編集者が発掘し、一冊に収録した拾遺集である。『文盲』にせよ、『どちらでもいい』にせよ、さらに『「マティアス、きみは何処にいるのか？」……』にせよ、読者となった私の受けたインパクトは、『悪童日記』や『ふたりの証拠』や『第三の嘘』の原典を貪《むさぼ》り読んだときのそれに遠く及ばなかった。しかし、少なくとも、それぞれのテクストの中にまぎれもなく『悪童日記』三部作の著者が存在していることと、それらのテクストをいわば三部作の註釈として読むときの興味深さは、確認することができた。

　かくして本年、『文盲』の邦訳を白水社から公にしたのに続き、このたびは、件《くだん》の三部作の邦訳の版元である早川書房から、本書を上梓するに到ったのである。

　本書の中身は、計二十五の短篇小説、もしくはショート・ショートである。むしろエッセーに近いテクストも混ざっている。フィクションとして見た場合の形態も多様で、ストーリー性のある話、一幕劇のようなもの、諷刺的な人物描写などがある一方で、夢想、独白、回想などの形を採っているものが多数を占めている。作品としての完成度も不揃いだ。ここでいちいちあげつらうことは控えるが、相当な密度まで書き込まれたテクストと、散漫なままの状態のそれが同居している。訳者としては今回、原文をその「行間」をも含めてできる限り深く読み込むことによって、そこに見出しうるポテンシャルを最大限引き出すような訳文の作成に努めた。

なお、アゴタ・クリストフの長篇小説や戯曲の注意深い読者は、ここに集められた二十五のテクストのうちに、修正を加えられた上で全面的に長篇小説に組み込まれたテクスト（「私は思う」→『昨日』）、部分的にそうされたテクスト（「運河」→『第三の嘘』、「家」→『昨日』など）、また、長篇小説や戯曲と共通するモチーフ（「作家」→『ふたりの証拠』、「北部行きの列車」→『第三の嘘』、「田園」→「エレベーターの鍵」〔戯曲集『怪物』早川書房刊に所収〕など）を見出されるであろう。そんな事情も手伝って、この短篇集は、より完成度の高いA・クリストフ作品と関係づけながら味読されるときにこそ存在価値が上がるのにちがいない。

全体に冠せられた原題 *C'est égal* は、凡《およ》そ「どちらでもいい」という意味で、こだわらないこと、無関心であることを示す言葉であり、文脈によってはとことん「絶望的な」表現である。実際、ここに収録されたテクストのほとんどが、絶望の心境や状態を語っている。絶望の背後にあるのは、孤独であったり、疎外であったり、救いようのない愚かしさであったりする。しかし、おそらくいちばん印象的なのは、人生の時間が経過する中での別離と喪失であろう。イノセントな子供時代からの乖離《かいり》、かつて親密な場所であった家や庭や町の喪失と、そこから来る寂寥感、そしてそれらへの固定観念といえるほどの郷愁が、他の作品においてと同様にこの習作群においても、A・クリストフの文筆《エクリチュール》を突き動かしている。

思えば『悪童日記』や多くの戯曲にはA・クリストフ一流のユーモアと諧謔《かいぎゃく》が躍っていたし、本書に収録されたいくつかのテクストにもそれは垣間見られるのだが、作家の老いとともに、絶望の影のほうが濃くなってきていることは——残念だが——否定すべくもない。いうまでもなく、A・クリストフは過去に囚われているのである。取り返しのつかない喪失へのこだわりは、現在に対して、すなわち「今、ここ」の生に対して、人を消極的にする。「どちらでもいい」という投げやりな姿勢に帰結する。これを敗北だといって責めるのは易しいが、人生の現実は——ましてこの作家が生きた現実は——そう与《くみ》しやすくはない。いずれにせよA・クリストフの文学は、未来への希望だの、生きる勇気だのを与えてくれる健康な文学ではない。

だが、それにもかかわらず、彼女のテクストから、より正確には彼女の文体《スタイル》から、われわれはある種の勇気を受け取り得るのではないだろうか。なぜなら、人生の最期に待っているだけでなく、人生の時間の中に遍在している死（＝孤独・喪失・別離・疎外・絶望……）を、「着色」抜きの、モノクロームの言葉で、これほど端的に直視させる文章を書くのは並大抵のことではあるまいからだ。死を前にして、もし宗教に頼ることも、種々の「気晴らし」（パスカル的意味の「気晴らし」）で事態をごまかすことも潔しとしないのならば、われわれは、生き延びるために自らにさまざまな「練習」を課したあの『悪童日記』の双子に倣《なら》って、まずA・クリストフの言葉と向き合うことから鍛錬を始めるべきなのかもしれない。因《ちな》みに、この短篇集の末尾には、「この世の何処《どこ》にも、父がわたしと手をつないで散歩をした場所はありません」という一文が置かれている。この痛切さを受け止めなければならない。

早川書房の担当編集者、山口晶さんに、遅れがちな訳出作業を辛抱強く支えていただきました。ありがとうございました。

二〇〇六年八月九日、牛込神楽坂にて

文庫版への訳者あとがき

このたび、『どちらでもいい』邦訳の文庫化に際し、二〇〇五年十月にスイスのゾエ社がKRISTOF (Agota) : *Où es-tu Mathias?* suivi de *Line, le temps*, Carouge-Genève, Zoé,

2005. と題する小冊子に収めて公にした、アゴタ・クリストフ初期の短篇「マティアス、きみは何処にいるのか?」を新たに翻訳し、収録することができた。

このテクストは、今日ベルンのスイス国立図書館内・スイス文学古文書室に保管されているアゴタ・クリストフ関連の古文書の中に見出された習作である。執筆や脱稿の年月日は書き付けられていない。件の小冊子に「あとがき」を寄せたマリー＝テレーズ・ラティオンによれば、A・クリストフ本人は一九七〇年代の初め頃のものだと語ったらしい。必ずしも定かな情報ではないかもしれないが、仮にそうだとすれば、A・クリストフが初めて直接フランス語でものを書き始めた頃にまで遡るわけである。

いずれにせよ、この短篇には、のちの三部作――『悪童日記』『ふたりの証拠』『第三の嘘』――の主題、モチーフ、作中人物などが萌芽的に、しかし紛れもなく存在している。その意味でこれは、すこぶる重要なテクストである。小説家A・クリストフの出発点といっても過言でないだろうし、彼女にとって最も親密な作品だとも言えるだろう。日本語に訳す機会を得たことを幸いと感じる次第である。

二〇〇八年四月八日

本書は、二〇〇六年九月に単行本として刊行した作品に一篇を追加し文庫化したものです。

ハヤカワ epi 文庫は、すぐれた文芸の発信源（epicentre）です。

訳者略歴　1952 年生，フランス文学者，翻訳家
訳書『悪童日記』『ふたりの証拠』『第三の嘘』『昨日』クリストフ
『シンプルな情熱』エルノー
（以上早川書房刊）他多数

どちらでもいい

〈epi 49〉

二〇〇八年五月　十五　日　発行
二〇二二年三月二十五日　三刷

（定価はカバーに表示してあります）

著者　アゴタ・クリストフ
訳者　堀《ほり》　茂《しげ》樹《き》
発行者　早川　浩
発行所　株式会社　早川書房

郵便番号　一〇一 - 〇〇四六
東京都千代田区神田多町二ノ二
電話　〇三 - 三二五二 - 三一一一
振替　〇〇一六〇 - 三 - 四七七九九
https://www.hayakawa-online.co.jp

乱丁・落丁本は小社制作部宛お送り下さい。
送料小社負担にてお取りかえいたします。

印刷・株式会社亨有堂印刷所　製本・株式会社フォーネット社
Printed and bound in Japan
ISBN978-4-15-120049-6 C0197

本書は活字が大きく読みやすい〈トールサイズ〉です。